DETECTIVE
STOR

凤暴偵探犬

STORM

作者／悟小空空

① 雞犬天團降臨

風暴家族・大哥

風暴家族第十代的老大，性格最像雷鳴教授。完成學業後，進入父親的研究所，成為其得力的助手。

風暴家族・四哥

風暴家族第十代的老四，完美繼承了祖先們的強健體魄。

風暴家族・二姐

風暴家族第十代的老二，性格熱情，擁有表演天賦，從小就對演戲十分著迷，目前是一位知名的演員。

風暴家族・三姐

風暴家族第十代的老三，性格冷靜，善解人意，擁有過人的觀察能力，容易看出其他動物們的需求和情緒變化。

風暴家族・小五

風暴家族第十代的老五，智商名列家族第一。有著難以克服的潔癖，以及自己的堅持。在成年禮上，他不顧家人的阻撓，立志成為一名了不起的偵探，被父親視為家族的「逆子」。

風暴家族　人物介紹

風暴家族．雷鳴教授

風暴家族現在的一家之主，將維護家族的名聲視為自己重要的責任。身為生物研究所的領袖人物，目前是一家生物研究所的負責人。做事雷屬風行，追求完美，不能容許一丁點的錯誤出現。

雪納瑞管家

照顧了風暴家族三代的老管家，將家族的每個成員都看作是自己的孩子般悉心愛護。

普普

千場不敗的鬥雞，性格急躁，直來直往，比起思考，更喜歡直接採取行動解決問題。從小被賣到鬥雞場，因渴望解開自己的身世之謎。用一千場的連勝換取自由後，開始了漫長的尋親之旅。

風暴偵探　STORM　犬小五

化貓教授
雷鳴教授研究所的合夥人，是一位德高望重的學者，對科學有著非比尋常的熱愛。

◯◯先生
商會的大老闆，生意遍布國內外，熱心於慈善事業，是眾多動物眼中的大善貓。

獼猴先生
雷鳴教授的助手。

山羊教授
雷鳴教授研究所的合夥人

狒狒教授
雷鳴教授研究所的合夥人，也是雷鳴教授的同窗好友。不管做什麼研究，都喜歡有始有終。

蜜獾
貂先生行蹤神祕的保鑣，個性凶狠，有仇必報，是個麻煩又難纏的對手，千萬不能輕易招惹他！

白兔先生
雷鳴教授的助手，性格溫和，做事非常認真，很受大家的歡迎。

人物 介紹

這是一套可以閱讀無數遍，
越讀越有收穫的「百寶書」。

重要提醒

閱讀本書前，你需要攜帶
一件非常重要的破案工具：
火力全開的大腦！

眼睛看到的就一定是真相嗎？
耳朵聽到的就一定靠得住嗎？
嘴巴說出的就一定是事實嗎？
心向正義、明辨是非、探尋真相，
這就是偵探存在的意義！
即使不能成為偵探，你也可以
像偵探一樣思考！

Victoria street

Treasure Bay

Stronghold

CONTENTS

1. 雞犬天團降臨

DETECTIVE STORM

大川五

目錄

小五:

如果讓你來破案,你最重視的是什麼呢?證人、證物,或是案發現場的蛛絲馬跡?這些當然都很重要,但我認為更重要的是揣摩罪犯的心理,還原案發時的狀況。接下來,該亮出我的絕招啦!

DETECTIVE

尋找線索＋鑑別細節＋辨識罪犯＋推導真相

考驗你的邏輯推理能力的時候到了！你能發現真相，並找到案件背後真正的主謀嗎？
快翻開這本書，帶上你的「火眼金睛」，和「雞犬不寧」組合一起破案吧！

附錄

普普：

這隻狗的頭腦或許很靈光，但是想抓捕罪犯、查明真相，
光靠動腦可沒辦法做到萬無一失，免不了要和犯罪分子們動
手！那就需要我這隻千場不敗的雞登場了！

風暴前兆

地處東方海濱的申城是動物世界最摩登的大都市之一，生活著成千上萬隻不同種類、語言和文化的動物。城中的摩天大樓林立，路口車水馬龍，令人目眩神迷，然而漫步其中，你會發現，高樓大廈中隱藏著一棟精巧別緻的百年宅邸，赫赫有名的風暴家族就住在這裡。

幾百年前，這個家族的祖先們驍勇善戰，如同席捲戰場的風暴，為申城立下顯赫戰功，所以被人們譽為「風暴家族」。進入和平年代後，風暴家族的子孫們雖然不再征戰沙場，但無論在什麼領域，他們都能掀起一場不小的風暴。

雪納瑞管家照顧了風暴家族三代的人，稱得上是金牌管家。在他的打理下，老宅裡的一切都被收拾得井井有條，每個角落都一塵不染。

現在，老管家又帶著他絕不離身的皮製捲尺和量角器，開始了例行的檢查。

客廳裡的地毯位置必須居中，哪怕微微傾斜了 1.5 度角都不行。考慮到所有賓客的喜好，廚房必須常備十種不同溫度的飲料。用餐結束後，所有桌椅都要在 5 分鐘內回到原位……

檢查完畢後，老管家無聲的深吸了一口氣，趁著賓客們都在老宅的北側休息，自己悄悄繞到了南側二樓的走廊，小心翼翼的推開中間那扇窗戶。

老管家先探頭探腦的張望四周，確定樓下沒有任何動物後才抬起頭，朝著對面的三樓吹了一聲如同鳥鳴般的口哨。2 秒後，從三樓窗口伸出了一對白色的狗爪，那雙爪子用手帕在窗臺上來回擦拭幾次後，用力一撐——

「嗖！」的一聲，一隻鼻尖呈黑色心型的**牛頭㹴**[1]從窗戶裡探出了半個身子，鬼鬼祟祟的和老管家對看一眼。

一接觸到那個眼神，老管家便有不祥的預感：我那份如黃金般輝煌的管家履歷上，即將出現一個汙點。

看著牛頭㹴動作生澀的爬上窗臺，老管家眉頭緊皺，盡

犬小五 •••

牛頭㹴起源於 19 世紀，是由鬥牛犬與英國白㹴繁育而來的犬隻品種。但曾經有「鬥士」之稱的英國白㹴已經滅絕，牛頭㹴也在訓練和改良中，逐漸弱化了鬥犬方面的能力。像我們風暴家族一樣血統純正的白色牛頭㹴，在國際上還享有「白色騎士」的美譽。

職的勸阻：「小五少爺，你確定這個方法可行嗎？」

「放心吧！」被稱為「小五少爺」的牛頭㹴正是風暴家族第十代最小的孩子，他信心十足的朝老管家比了一個OK的手勢，並且亮出身上的安全繩，這是宅邸中每個房間都有的避難逃生設備。

小五仔細檢查了連接自己和窗臺下方固定設備的安全繩，隨後煞有其事的拿出一張牛皮紙，很有把握的說：「經

過我周密的計算，只要先從這裡跳到下方的二樓遮雨棚上，就能借助遮雨棚的彈性跳到對面的窗臺上。以我們牛頭㹴的速度、彈跳力和肌肉張力，這個計劃 99.9% 會成功！我身上這套避難逃生設備可以承受約 800 公斤的重量，還是管家爺爺你採購的，所以絕對不會有問題。」

「那不是還有 0.1% 的可能性會失敗嗎？」老管家不放心的詢問，畢竟紙上談兵和實際操作是有差別的，萬一……

然而，小五已經聽不進去了。只見他踮起四肢，夾緊尾巴，用力一躍──

咻！

一道優美的白色弧線劃過空中，老管家的心也跟著七上八下。

與緊張的老管家截然不同，待在空中的小五自信滿滿，彷彿一切盡在他的掌握中。可是只過了 0.5 秒，自信就變成了驚愕；又過了 0.5 秒，驚愕變成了驚恐，優美的白色弧線也變成了令人目不忍視的騰空狗爬式。

老管家順著小五的視線看去，立刻暗叫不妙。昨晚下了一場雨，二樓的遮雨棚上有一層淤泥！如果那裡不是視線的死角，聰明的小五少爺也不會犯下這種明顯的錯誤。

順利跳到遮雨棚上的小五沒有降落成功的喜悅，反而厭惡的咬緊牙關，四肢也抖個不停，因為他最害怕的就是──

髒！

「小五少爺別急，我馬上想辦法！」老管家焦急的正打算去找工具幫忙，卻見小五已經視死如歸的踮起四肢，如同踩在滾燙的火堆上，飛快跑過了積滿淤泥的遮雨棚，在盡頭奮力一躍，撲向對面的窗臺。

眼看就要大功告成了，沒想到小五突然腳下一滑，身體在空中失去了平衡……

「小五少爺！」

老管家嚇得用雙爪摀住胸口，心臟幾乎停止跳動。

幸好，就在即將掉落的瞬間，小五的兩隻前爪努力一伸，成功抓住了窗臺，阻止身體繼續落下。老管家馬上一個箭步上前，將小五從二樓的窗口拉了進去。

「嗚哇──」

一老一少在地板上滾了兩圈才終於停下來，他們的衣服也變得髒兮兮的。

看到小五緊鎖的眉頭，老管家有如變魔術般拿出了一套嶄新的黑色西裝遞給他，同時責備他：「小五少爺，這麼做很危險，下次別再胡鬧了。」

「咳咳！雖然發生了一些小插曲，但是一切都在我的掌握中。」小五迅速的解開安全繩，換好衣服，朝老管家揮手道別。「沒時間了，我先走了！」

小五「嗖嗖嗖！」的衝進地下車庫，火速發動一輛車，一溜煙開出了宅邸的大門。

想挽回剛剛那場糟糕透頂的成年禮，他只能把握這個最後的機會了！

糟糕透頂的成年禮

事情要從幾個小時前說起。

一大早，初升的太陽悄悄的爬上了明珠塔，喚醒了睡夢中的申城。金燦燦的陽光照在風暴宅邸閃電狀的家族徽章上，彷彿為它刷上了一層閃亮亮的油漆。

老宅的入口處鋪上了紅毯，欄杆上繫著彩帶，大門兩旁還擺著花籃，暗示這裡即將舉辦一場盛大的宴會。

不到 8 點，雪納瑞管家和宅邸的員工們已經全副武裝的站在大門前。他們手拿掃帚、畚箕、鏟子還有垃圾桶，和周遭喜慶的裝飾格格不入，並且全員都繃緊了神經，彷彿一場大戰即將開打。

老管家看了看時間，接著對所有員工下達指令：「雷鳴教授再 10 分鐘就回來了，在此之前，必須把門口那些礙事的傢伙全部清除乾淨！」

　　「是！」員工們揮舞著手中的工具，衝出了大門。

　　不到 1 分鐘，就聽見大門外傳出喧譁聲，一陣雞飛狗跳。

　　「你們要做什麼？」

　　「你們憑什麼趕我們走！」

　　「我們的採訪是合法的……」

　　在風暴宅邸的門口，那些扛著各式各樣的相機和攝影機，等待了一整個晚上的記者們紛紛抗議。

　　員工們才不管這些呢！他們嚴格遵守老管家的指令，揮舞掃帚將抓著大門不肯離開的刺蝟記者掃進畚箕裡，用鏟子鏟土把穿山甲記者挖的洞填上，又用垃圾桶將舉著相機拍個不停的松鼠攝影師蓋住。經過一番努力後，被圍得水洩不通的風暴宅邸門口，終於清出了一條狹窄的車道。

　　不一會兒，一輛黑色轎車出現在車道的盡頭。

　　雷鳴教授回家了！這個消息瞬間傳開，記者們爭先恐後的擠到車子旁邊，提問聲此起彼落——

　　「雷鳴教授，關於您最新的研究『黑夜啟明星』，據說會對不少動物帶來危害，您有什麼想說的嗎？」

　　「雷鳴教授，外界評論您是拿其他動物的性命打賭，您作何回應？」

　　「雷鳴教授，大家還能信任您的團隊嗎？」

　　「雷鳴教授……」

　　然而，黑色轎車並未停留，風馳電掣的駛進風暴宅邸。大門

也在轎車駛入後，毫不留情的快速關上，將記者和他們咄咄逼人的問題擋在外面。

黑色轎車在風暴宅邸的花園前停下，老管家上前打開車門，一隻身形挺拔、衣著考究的牛頭犬從裡面走了出來。他通體雪白，梳著一絲不苟的中分頭，鼻梁上架著一副金色邊框的眼鏡，舉手投足都流露出威嚴。

他正是風暴家族當今的一家之主，最近剛成為新聞焦點的生物學界領袖人物——雷鳴教授。

作為名門望族的後代，風暴家族的每個成員都時時刻刻銘記著自己的責任，絕對不能抹黑家族的名譽。

然而此刻，雷鳴教授若有所思的盯著緊閉的大門，眉頭皺成了「川」字。之所以有這麼多記者圍堵在宅邸門口，是因為最近他的研究出了問題。如果這次的事件無法完美解決，整個風暴家族都會因此蒙羞。

「老爺，別把那些記者的話放在心上。」老管家一眼就看穿主人的心思，連忙上前安慰。

肩負重任的雷鳴教授一臉疲態，卻仍強打起精神。「放心，我沒事。來，花貓教授請下車。」

「哈啾！」在雷鳴教授的攙扶下，一隻臉上長著數條深褐色斑紋的老年**石虎**[1]弓著背走下轎車。她是雷鳴教授的前輩，也是重要的合夥人。由於做了一輩子的研究，花貓教授不僅背有些駝了，走路也有些不穩。

 犬小五 ....●

雖然石虎的體型通常不大，卻是擅長奔跑、游泳和爬樹的全能型選手。石虎在野外的生存能力甚至勝過老虎，不管是在荒漠或雪地，無論氣候炎熱或寒冷，他們都能依靠強大的狩獵能力捕獲食物。別看花貓教授現在老態龍鍾，她年輕時的行動力絕對不容小覷！

「辦完正事就趕緊回研究所。相信我，事情會解決的……哈啾！」花貓教授突然用鼻子嗅了嗅，十分反感的說：「這裡怎麼有一股鼠味？」

花貓教授極其討厭鼠類，一聞到他們的氣味就會打噴嚏。可是風暴家族中沒有鼠類，難道是外面的記者裡混進了一、兩隻老鼠嗎？

就在花貓教授眉毛快要打結的時候，不遠處忽然傳來一個響亮的聲音──

「請大家趕快讓開！」

緊接著，伴隨「唰！」的一聲巨響，一股銀色的高壓水柱氣勢驚人的朝花貓教授背後沖去。

雷鳴教授驚愕的抬頭，只見一隻小牛頭㹴拿著一把澆花用的高壓水槍，有如戰士般筆直的站在花園的另一端。他穿著高級且整齊的白色西裝，外面卻罩著一件大大的透明雨衣，顯得十分滑稽。

「嗞嗞嗞──」高壓水槍對準草叢掃射，水柱像機關槍般噴湧而出。

「小五，你究竟在搞什麼鬼？」就在雷鳴教授瞠目結舌的時候，他們身後傳來了一陣慘叫聲。

「哇啊啊啊！」在水柱的沖擊下，兩隻躲藏在草叢裡的花栗鼠如同坐上了雲霄飛車，毫無抵抗力的被沖出了大門外。

原來這些記者不只堵在門口，有的還偷偷溜進了花園裡。

小牛頭㹴這才收起高壓水槍，揉了揉心型的黑色鼻尖，滿意的點點頭。在他身後，散落在空中的水珠在陽光的照射下，形成一道漂亮的彩虹。

雷鳴教授無奈的嘆了一口氣，神情嚴肅的凝視自己最小的孩

子。「小五，馬上就是你人生中最重要的成年禮了，你準備好了嗎？」

舉辦成年禮是風暴家族的傳統，每個孩子在成年時都將擁有一場盛大的成年儀式。正是為了參加小五的成年禮，雷鳴教授才會冒著被記者圍堵的風險趕回家中。

「我早就準備好了。」小五笑嘻嘻的脫下雨衣，一雙黑色豆子般的眼睛裡按捺不住興奮的情緒。「看到爸爸回來了，我才下來迎接您，順便處理混進家裡的不速之客。」

說完，他朝雷鳴教授身後張望，有些失望的問：「爸爸，山羊教授和狒狒教授怎麼沒來呢？」

除了花貓教授，山羊教授和狒狒教授也是雷鳴教授重要的合夥人，更是多年的至交——山羊教授是雷鳴教授從小一起長大的玩伴，狒狒教授則是雷鳴教授的同窗好友。他們都看著風暴家族的下一代長大，從來不會缺席孩子們的成年禮。

「他們這次來不了，不過禮物已經送到了。你先好好招待花貓教授……」不知道為什麼，小五覺得父親在說這些話的時候，臉上飄過一絲尷尬的神色，似乎在逃避什麼事。

既然父親不願多說，小五也就識趣的不再多問，有禮貌的攙扶著花貓教授走進大廳。但他依然豎起耳朵，偷聽身後父親和老管家的對話。

許久沒有回家的雷鳴教授擔憂的問：「我不在家的這些日子裡，小五沒有闖什麼禍吧？」

小五無奈的想著：父親也真是的，居然還問這種問題！我明明早就過了闖禍的年紀。

彷彿猜到了小五的心思，老管家連忙回答：「沒有。前幾天還有三隻花栗鼠透過挖洞的方式溜進院子裡，舉著相機到處亂拍，

多虧小五少爺發現，打開院子澆花用的水龍頭，把地洞淹沒了，才趕走他們。」

正因為如此，雷鳴教授最喜歡的那幾株天竺葵溺死了——這句話老管家沒敢說出來。

雷鳴教授憂慮的心情舒緩了不少。「難怪他剛才會用高壓水槍對付那些花栗鼠。不過，手段是不是太粗暴了？雖然私闖民宅不對，但也不要對那些記者太過分，這是他們的職責，只是我現

在不方便接受採訪，好好勸他們離開就是了。」

「那幾隻花栗鼠不是記者，而是偵探……」老管家猶豫了片刻才說：「他們被沖走時，身上掉出了名片。」

「偵探！」一聽到這兩個字，雷鳴教授再也無法保持鎮定。他停下腳步，壓低聲音，語氣中絲毫不掩飾厭惡的情緒。「記者就算了，但是這個家絕對不允許任何偵探踏入！」

「是……」老管家心事重重的點頭。

沒想到父親還是這麼討厭偵探！走在前面的小五嘆了一口氣，腳步沉重的走進宴會廳。

宴會廳已經裝飾完畢，到處都點綴著香氣撲鼻的鮮花，中央還掛著印有小五照片的大幅海報。前來助興的樂隊已經準備就緒，賓客們也都齊聚一堂。

雷鳴教授連忙收起複雜的心情，一邊微笑著向客人們點頭致意，一邊步入主人的位置就座。

伴隨著悠揚的音樂，成年禮正式開始了！

這場成年禮的主角──小五不慌不忙的理了理筆挺的西裝，順了順一絲不亂的毛髮，在賓客們的注視下，昂首闊步的登上舞臺。

面對滿堂的賓客，小五露出了無可挑剔的笑容，舉手投足間都流露出和父親一樣的菁英氣質。不過，他過於靈活的眼睛和不太安分的手指，都顯示出和父親不一樣的地方──他並不是一隻沉穩內斂的狗。

按照風暴家族的傳統，每隻狗都需要在成年禮上對自己的少年時期做出總結，然後規劃未來並選擇職業。最後，一家之主會在儀式尾聲給予孩子正式的名字，象徵整個家族對孩子長大成年的認可和期許。

小五的四個哥哥和姐姐都在成年禮後，成為各行各業的菁英。

大哥進入父親的研究所，成為他的得力助手。

二姐主攻表演，已經主演上百場的話劇，場場爆滿。

三姐鑽研心理學，成為有名的諮商心理師。

四哥繼承祖先優秀的體魄，成為拳擊場上的名將。

作為風暴家族第十代最小的孩子，小五的智商極高，當然也被家族寄予了厚望。

　　然而，小五雖然聰明，卻沒有老師願意教他。因為無論老師教什麼，他都要問一大堆刁鑽的問題，彷彿故意作對似的，最終氣跑了父母為他精心挑選的每一位老師。「光有一顆聰明的腦袋，卻沒有鑽研學問的態度，恐怕難成大器。」這是被氣跑的每一位老師對小五共同的評語。到最後，風暴家族只能無奈的放棄再為小五請家庭教師。

　　每當想起這段往事，小五就不由得感到委屈，他只是喜歡追根究柢，卻被當成頑劣的孩子。這 2 年，為了彌補以前浪費的時間，小五像脫胎換骨一樣，認真的自學各科的知識，才改變了家人對他的看法。

　　可是起步比其他狗晚的小五，能追上他優秀的哥哥和姐姐嗎？每位來參加成年禮的賓客，心中都有這樣的疑問。

　　「咳咳！」小五清了清嗓子，確認大家的注意力都在自己身上後，正式說起開場白：「各位親朋好友，非常榮幸能請大家來參加我的成年禮，請容許我先介紹一下自己。」

　　小五按下手中的遙控器，螢幕「唰！」一聲的亮了起來，接著展示出一張張讓人眼花撩亂的表格，上面的資料全都是小五近 2 年取得的成績。

　　臺下的賓客們看著看著，不禁張大了嘴巴，驚訝不已——

　　「小五居然拿到了少年理科競賽的金獎！」

　　「那不是知名生物學家研發的超難教材嗎？小五只花 1 年的時間就全部自學完畢了！」

　　「那本是生物學界最具指標性的期刊，小五竟然能在上面發表文章！」

　　沒想到一度被家族放棄的小五不僅沒有認輸，反而在短短幾年內，取得了一點都不亞於四個哥哥和姐姐的傲人成績。

　　果然是虎父無犬子啊！賓客們訝異極了，看向小五的目光中也多了幾分欣賞。在剛才的展示中，小五在生物學的表現特別突出，他肯定是想以父親為榜樣，朝著生物學界發展吧！

　　已經悄悄走上舞臺，準備擁抱孩子的雷鳴教授顯然也這麼認為，他望向小五的目光裡難得流露出讚美的笑意。

　　臺上，小五難掩興奮之情的進行最後的演說：「生活在正直且崇高的風暴家族裡，我自幼就受到優秀家人們的薰陶，也找到

了屬於自己的夢想——我的目標不是金錢或地位，而是希望發揮自己的優勢和專長，盡可能的幫助其他動物。」

成年禮到了最關鍵的時刻！作為雷鳴教授最小的孩子，小五到底會選擇什麼職業作為自己奮鬥的方向呢？

在萬眾期待下，小五偷偷看向嘴角還掛著笑意的父親，鼓起勇氣點開了投影片的最後一頁。

看清楚螢幕的賓客們集體瞪大眼睛，全部倒抽了一口氣。

小五激動的聲音迴盪在廣大的宴會廳裡，他向所有賓客鄭重宣布自己選擇的職業——

「我，風暴家族的小五，要成為一名了不起的偵探！」

初出茅廬的挑戰

成年禮中斷了。

在賓客的譁然聲中,小五被雷鳴教授一路拎回了房間,即使他四爪著地拼命「剎車」,都沒能阻止父親怒氣沖沖的步伐。

「為了參加你的成年禮,我和花貓教授提前了 2 個多小時離開研究所,繞了一大圈才回到家裡,剛才又花了 25 分 42 秒聽完你的演講,結果你竟然跟我說你要當偵探!」雷鳴教授瞪著布滿血絲的眼睛,近乎咆哮的質問小五。仔細聽,還能發現其中夾雜著一絲不易察覺的憂慮和惶恐。

沒錯,對雷鳴教授而言,這簡直是一場災難!小五果然把自己的成年禮搞砸了!

雷鳴教授的思緒有如湍急的飛瀑，濺起了不安的水花。

明明已經嚴防死守了，為什麼小五還想當一名偵探？到底是哪裡出了問題？如果小五真的成為偵探，風暴家族幾百年來的榮光就全都毀了！更何況……風暴家族絕對不能和偵探扯上一丁點關係！

「你……」雷鳴教授深吸了一口氣，努力壓下在心頭翻滾的複雜情緒，盡量用平靜的口吻問：「你難道不知道在這個家，絕對不允許出現『偵探』這兩個字嗎？」

「才沒有！」小五據理力爭的反駁：「閣樓裡明明放著一大箱的偵探小說和電影！」

「你說什麼！」一聽到「閣樓」兩個字，雷鳴教授的臉色徹底變了。「你去過閣樓？」

閣樓是他反覆強調禁止進入的地方，其他孩子都乖乖遵守家訓，從不踏足，沒想到這個最讓人放不下心的孩子還是偷偷溜進去了！

小五沒有注意到父親已經黑成煤炭的臉色，很有自信的辯解：「我本來以為閣樓裡藏著可怕的東西，進去的時候還有點緊張，沒想到裡面只有那個大箱子。」說到這裡，他看向父親，不解的問：「您明明那麼討厭偵探，為什麼收藏了一大堆和偵探有關的東西？」

雷鳴教授聲音顫抖的問：「那些東西你都看過了？」

「對，那些小說和電影真的太好看了！」小五試圖為偵探正名。「故事裡的偵探們知識淵博，能解開許多常人無法釐清的謎團，破解令警察束手無策的案件，這正是我心目中的完美職業！所以我決定成為一名了不起的偵探，幫助其他動物解決麻煩！」

「您看！」為了讓父親相信自己的決心與能力，小五一邊說，

一邊從口袋裡掏出手機，展示自己利用偵探知識幫助過的「客戶」名單。

看到手機上一長串的姓名，雷鳴教授的臉色黑得幾乎要滴下墨汁來。

原來小五在自己不知道的時候已經開拓了不少「業務」，他是真的想當一名偵探。

　　雷鳴教授的眉毛皺成了兩座小山丘，難以置信的問：「難道雪納瑞管家沒有提醒過你嗎？」

　　他向老管家一再強調，家裡絕對不允許出現任何一名偵探，更別說是家裡孩子的職業了！然而……

　　「管家爺爺很支持我！」小五揮舞著一隻爪子，驕傲的宣布：「我幫他找回了很重要的文件，他還送我一面錦旗來表達謝意呢！」

　　竟然連他最信任的老管家都被小五「收買」了！雷鳴教授再也忍不下去了！

　　「夠了！」他用不容反駁的語氣對小五下達命令：「你現在就回到宴會廳告訴大家，剛剛是開玩笑的，只是成年禮中的一個小插曲，然後重新為自己選擇一個職業！」

　　「為什麼？」小五頓時感到委屈。按照風暴家族的傳統，每個成年的孩子都有權利選擇自己的未來，而且，以前四個哥哥和姐姐宣布自己的職業時，父親都很支持。雖然他也知道父親不喜歡偵探，但如果自己成為偵探，一定會很優秀，和那些鬼鬼祟祟的花栗鼠截然不同！

　　想到這裡，小五抬起頭，試圖說服父親。「爸爸，我想您對偵探這個職業有一些誤解，偵探其實是一個很崇高的工作，如果我成為偵探……」

　　然而，雷鳴教授卻憤怒的打斷小五的話，他咬牙切齒的說：「不准再提到『偵探』這個令人討厭的詞語！」

　　就在兩隻牛頭㹴大眼瞪小眼、誰都無法說服對方的時候，老管家神色匆匆的拿著電話跑過來，焦急又擔憂的對雷鳴教授說：「老爺，警察打來的電話！」

　　雷鳴教授努力控制住情緒，接過電話。幾秒後，他臉色大變

的吩咐：「快備車，回研究所！」

研究所出了什麼事嗎？父親這麼急著走，那自己的成年禮怎麼辦？

小五的目光不停的在父親和老管家間來回，欲言又止。

老管家連忙朝小五使了個眼色，暗示他不要說話。

「管家，小五就留在這個房間裡好好反省，不准離開！等我回來後，他必須重新選擇自己的職業！」雷鳴教授匆匆叮囑了幾句話，就從老管家手中拿過外套，一陣風似的走了。

房門被「砰！」的一聲關上，接著傳來上鎖的聲音。

「哼！又拿小時候常用的這招來對付我，難道他不知道我已經成年了嗎？」小五氣呼呼的在房間裡踱步。

突然間，他腳下一頓，想到了一件事——根據剛才父親的反應，一定是研究所遇到了大麻煩，這不正是自己大展身手的好機會嗎？小五的頭頂彷彿亮起了一顆燈泡。

要是自己能完美解決這個大麻煩，父親一定會發現偵探是個有價值的職業，能為家族帶來榮耀。

小五的沮喪心情瞬間一掃而空，當機立斷的選擇跳窗逃走，直奔父親的研究所。

於是就有了故事開頭的一幕。

這是小五第一次來到父親的研究所。

研究所位於舊城區，走過幾條街就是蜿蜒流經申城的地標性河流——黃浦江，周圍鬧中取靜，平時沒什麼動物經過。

小五將車停在角落後，快步走到研究所的正門，觀察起周遭的情況。

看來具體情況只有進入研究所才能知道。

從外面看，研究所沒有被破壞的痕跡，每扇窗戶都乾淨完整，排除了火災或搶劫的可能性。

這裡是案發現場，已經被封鎖了！

可是我……

閒雜人等不得入內，也不要在附近閒逛。

研究所的出入口都有員警把守，但沒有防護措施，也沒有拉起封鎖線，可以排除實驗事故的可能性。

如果是研究所的人員，麻煩出示證件。

當然，小五拿不出可以進入研究所的證件，但他早已想好對策了。

小五朝員警搖了搖尾巴，揚起一個真誠的笑容，自我介紹道：「我是風暴家族的一員，來幫忙調查案件。」

員警半信半疑的上下打量小五，白色短毛、尖尖的耳朵、黑色豆子般的小眼睛……不難看出這是一隻血統純正的牛頭㹴，而且他穿的黑色西裝上還繡著風暴家族的家徽，看起來並沒有說謊。

但員警依然是一副公事公辦的語氣，不為所動的說：「對不起，即便如此，沒有許可，我也不能放你進去。」

這一點，小五也考慮到了。父親的研究所裡有不少機密，現在又發生了案件，當然沒那麼容易進去。不過，凡事總有例外……

小五眼珠子一轉，連忙問道：「那如果我有了研究所人員的許可，是不是就可以進去了？」

「呃……理論上是可以的。」

聽到員警這麼說，小五立刻拿起手機，撥通了一個號碼。

幾分鐘後，一隻長相酷似小五，但身形大一圈、留著八字鬍的牛頭㹴從研究所走了出來。他是小五的大哥，成年後進入父親的研究所工作，剛才是跟著父親和花貓教授一起從宅邸趕回這裡的。

大哥滿臉疲憊，兩隻眼睛下各有一個黑眼圈，臉上僵硬得沒有一絲笑容，手裡還拿著一疊文件。他皺著眉頭看向小五，不滿的問：「你怎麼跑到這裡來了？父親非常生氣，你趕快回家好好反省，重新選擇自己的職業……」

「是，我已經好好反省過了。」小五滿臉討好的看著大哥，尾巴也像螺旋槳般迅速搖動。「我來這裡，是有一件事想請你幫忙。」

　　「什麼事？」大哥的腦中頓時警惕的亮起紅燈，有種不祥的預感。因為每當小五冒出一些令人匪夷所思的念頭時，就會露出這種眼神。

　　果然，只聽小五懇求道：「我想進研究所幫忙調查案件，你能帶我進去嗎？」

　　「不行，你想都別想！」大哥毫不留情的一口回絕。這個弟

弟才剛搞砸他自己的成年禮，現在研究所裡又是一團亂，絕對不能再讓他到這裡來搞破壞！

眼看大哥就要離開了，小五只好使出絕招。

他一個字、一個字的慢慢說：「如果我沒猜錯，研究所一定是失竊了！而且這不是普通的竊盜案，被偷的是父親最近飽受爭議的研究成果！」

從大哥驚訝到合不攏嘴的表情來看，小五明白 —— 他猜對了！

03

謎團重重的竊盜案

在大哥的擔保下，駐守門口的員警才勉強同意讓小五進去。

一走進大門，小五就忍不住東張西望。

這是他第一次進入父親的研究所，之前父親一直說研究所裡很危險，等他成年後才能帶他過來。

研究所內部的空間比小五想像中大很多，首先迎面而來的是一段 Y 字形的樓梯，樓梯中央的牆上掛著父親這位負責人，以及花貓教授、山羊教授和狒狒教授這三位合夥人的畫像。在畫像的底部，還有他們各自手寫而成的人生格言，用來勉勵自己和所有在研究所工作的動物們。

完成工作的方法，
是愛惜每一分鐘。

探索真理比占有真理
更可貴。

謬誤的好處是一時的，
真理的好處是永久的。

除非成為一流，
否則就是二流。

　　小五停下腳步，仔細觀察四張畫像及下方的人生格言。

　　樓梯也在這裡分成了左右兩側，各自再連接著好幾條長長的
走廊，縱橫交錯，將研究所的空間劃分成好幾個區域。

　　此外，所有房間的門都是白色的，看起來一模一樣。置身其
中，就像進入一座巨大的迷宮。

　　小五一路左顧右盼，越來越疑惑——奇怪，這麼複雜的內部結構，小偷真的不會迷路嗎？

　　大哥緊張的對落在自己身後的小五招手，叮囑道：「小心一點，不要到處亂跑！父親和花貓教授正在協助杜賓警長辦案，我才能偷偷帶你進來。你跟緊一點，別被他們發現，否則我也幫不了你！」

　　「知道了！」小五連忙跟上大哥。

　　轉了幾個彎後，一扇緊閉的閘門擋在他們面前。

「這扇門的後方就是實驗區。」大哥拿出工作證,在閘門的感應區一刷,螢幕上便顯示照片、姓名、員工編號等資訊,隨後綠燈亮起,伴隨著「滴!」的一聲,閘門往左右兩邊滑開,大哥隨即走了過去。

小五剛想緊跟在大哥身後混進去,閘門卻「唰!」的迅速關閉,差點夾住他的鼻子。

「小心!」大哥趕緊指了指寫滿密密麻麻文字的螢幕。「這道閘門很靈敏,未經登記的動物無法進入。」

小五定睛一看,才發現螢幕上有一個「訪客登記」的選項,每隻動物都必須留下三項資料才能進入,其中犬科動物需要採集的資料是鼻子、虹膜及臉部掃描圖。

對生物知識很熟悉的小五當然知道,每種動物的特徵都不同,比如靈長目動物和鳥類可以透過指紋或爪紋進行區分,貓科動物和身體上有明顯花紋的動物則是可以透過身上的斑點或條紋進行區分。

犬科動物的鼻子形狀和大小都不一樣,這就成為他們最重要的身體特徵。再加上虹膜及臉部掃描圖,更能做到萬無一失,確保資料不會被假冒。

不愧是父親的研究所,連訪客的登記資料都分門別類。

按照要求,小五登記了鼻子、虹膜及臉部掃描圖這三項資料後,緊閉的閘門終於再次打開了。

「沒想到這裡的審查這麼嚴格!」小五進門後,心有餘悸的摸著自己的心型鼻尖。

「那當然!畢竟這項研究是我們和花城的南獅大學合作的重點專案,防護措施一定要很嚴格,才能保證機密不會外流。這是第一道閘門,在重點實驗室的門口還有一道閘門,那裡除了研究

所的人員，訪客一律謝絕進入。」說到這裡，大哥又百思不得其解的補充了一句：「可是在這麼嚴格的防護措施下，實驗樣本還是失竊了。」

小五的大腦立刻飛速運轉起來。

的確，研究所的防護措施非常嚴格，內部結構也很複雜，想從正常通道偷走實驗樣本相當困難。

莫非⋯⋯還有其他通道？

想到這裡，小五連忙小聲的說：「大哥，我想看看案發現場，或許能發現什麼線索。」

「好，我帶你去。」

大哥帶著小五穿過了長長的走廊。

實驗區彌漫著消毒水的氣味，因為所有動物都必須先經過消毒室，徹底消毒並換上實驗服後才能進入。

由於竊案發生在這裡，所以有幾名穿著實驗服的警察及調查人員進進出出，緊鑼密鼓的四處蒐證。

就像大哥所説，在重點實驗室前還有一道閘門，和之前進入實驗區時的一模一樣。

然而，大概是為了方便辦案，現在這道閘門是敞開的。

大哥在閘門前停了下來，指著重點實驗室最深處的一個房間，告訴小五：「那裡就是發生竊案的實驗室。」

小五頓時提起精神，走上前去仔細的觀察。

失竊的實驗室從外面看起來很正常，門外也沒有留下任何足跡和其他肉眼可見的痕跡。

因為警察及調查人員正在蒐證，他們不能入內，所以小五只能站在門口，將裡面上上下下打量了一番。

這間實驗室沒有對外的窗戶,唯一一扇窗戶正對著研究所內的走廊。

房間裡,三名警察正拿著儀器,小心翼翼的走來走去,在不破壞現場的前提下進行調查。

實驗櫃的門敞開,裡面的保險設備也被打開了。保險設備和大哥的個頭差不多高,小偷無法帶著它離開。

除此之外,地上沒有明顯的腳印。

警方在處理地面上灑落的液體時,沒有做防護措施,看來這些液體沒有危險性,可能是用來輔助研究的。

實驗室的角落還裝著防盜攝影機。

將實驗室內的一切盡收眼底後，小五從懷裡掏出一本筆記本和一枝筆，再撐開筆蓋，一邊寫一邊問：「大哥，你知道案發時間是幾點嗎？」

大哥想了想，如實説道：「父親離開後沒多久，實驗室就失竊了，倒算回去，應該是今天凌晨 5 點左右。」

小五飛快的記錄，又問：「當時有工作人員在嗎？」

大哥説：「按照規定，實驗室至少要同時有兩位工作人員在。但由於父親要參加你的成年禮而先離開了，所以當時只有獼猴先生值班，他是父親的助手。除此之外，還有一名助手是**白兔**[1]先生，他今天早上來和獼猴先生換班時，發現實驗室失竊了，於是打電話報警。」

小五若有所思的寫了幾筆，繼續問：「防盜攝影機沒有拍到小偷嗎？」

大哥搖搖頭，遺憾的説：「實驗室有裝防盜攝影機，但是案發時，這片區域正巧停電，所以沒有拍到小偷做案的畫面，連周邊的路口監視器也沒有拍到可疑分子進出研究所。」

怎麼會有這樣的巧合？小五難以理解的追問：「那在案發現場有沒有找到什麼線索？」

大哥又搖搖頭，苦笑著説：「小偷非常狡猾，沒有留下毛髮、爪印，甚至是任何可辨識的氣味。」

這件案子真是棘手，小五的筆停住了。他思考了片刻，不解的問：「實驗室裡的保險設備是打開的，那裡應該是存放失竊的

犬小五 ....●

兔子的眼睛大、視野廣，卻是個「老花眼」，難以發現和辨認離自己太近的物體，而且和其他眼睛長在兩側的動物一樣，他們的正前方有一塊自己完全看不見的「盲點區域」。我聽大哥説，研究所正在開發能輔助兔子的眼鏡。

實驗樣本的地方。既然研究所的防護措施這麼完善，那麼保險設備一定有更嚴密的防護措施，小偷是怎麼把它打開的呢？」

「這就是這個案子最奇怪的地方。」大哥皺起眉頭，十分困惑的說：「就像你說的，這臺保險設備必須同時識別到研究所的四位教授和兩名助手中，至少兩位的身分資料才能打開。」

大哥越想越百思不解。

「照理說，案發時實驗室裡只有獼猴先生，就算小偷能利用他的指紋，但缺少另一位教授或助手的資料，保險設備也是不可能打開的。」

「可是它被打開了，那麼另一位教授或助手的資料是誰的？」小五連忙追問。

「警察調查過了，除了獼猴先生登錄了指紋，另一個……」大哥面有難色，尷尬的說：「是父親的鼻子。」

不可能！父親明明提前離開研究所，趕去參加自己的成年禮了，根本不在現場。

「難道小偷早有預謀，竊取了父親鼻子的資料，然後選在今天犯案？」小五馬上想到一個較為合理的推測。

大哥點點頭。「沒錯，因為資料登錄的時間是在父親離開研究所後，而父親是和花貓教授一起離開的，他們可以為彼此作證，所以警察的見解和你相同，也認為打開保險設備的身分資料是偷來的。不過，能提前得到父親鼻子的資料，這個小偷絕對不簡單。」

目前唯一和小偷打過交道的，就是當天值班的獼猴先生了。

小五連忙問：「獼猴先生是怎麼說的？」

大哥將獼猴先生和白兔先生的證詞全部告訴了小五，得到這些資訊後，小五立刻在心裡分析案情。

今天父親帶著花貓教授來參加他的成年禮，實驗室只剩下獼猴先生，這個消息應該只有研究所的人員知道。而且小偷盜用父親的鼻子資料以解鎖保險設備，代表他與父親有過長時間的相處，才有機會獲得。

回想起研究所有如迷宮般的構造，又摸了摸剛剛差點被夾扁的鼻子，小五的心中冒出了一個猜測。

「我已經有了初步的判斷。」他朝大哥伸出一根手指，在空氣中畫了一個圓圈。

「這個案子 90% 的可能性是內部犯案，小偷是研究所的員工！」小五十分肯定的說。

然而，大哥卻一點都不驚訝，還略帶嫌棄的說：「這根本不需要你判斷，警察早就這麼認為了。而且就在剛才，他們已經鎖定了嫌犯的身分。」

「這麼快！」小五大感意外，忍不住追問：「警察認為誰的嫌疑最大？」

鬧了半天，還是要依靠警察的判斷啊！大哥在心中嘆了一口氣，看來他高估了這個弟弟，還以為他能幫上忙呢！

畢竟，業餘偵探怎麼能和專業員警相比呢？看來是時候讓小五放棄當偵探的念頭了。

想到這裡，大哥乾脆毫無保留的將自己了解到的情況告訴小五：「根據警方的推測，白兔先生可能提前到達研究所，在父親離開後，用某種方法造成停電，打暈獼猴先生並偷走實驗樣本，再於換班的時間趕回來。因為他也在實驗室工作，所以符合內部犯案的推測。」

說完後，大哥趁機勸了小五一句：「看到你和警察之間的差距了吧？我勸你好好聽父親的話，別再想著當偵探了。」

　　小五低下頭，自動忽略大哥勸他的話，開始思考警察的推論。從做案時間來看，這個推論是成立的，不過兔子的身體能力有限，白兔先生真的能在短時間內做到這麼多事嗎？

　　小五有些懷疑的抬起頭。「大哥，警察已經有了決定性的證據嗎？」

　　大哥搖搖頭，眼中閃過一絲無奈。「沒有，白兔先生也不認罪，他們還在僵持不下。其實，我和白兔先生共事很久，得知他是嫌犯，我也很驚訝。」

　　以現有的證據來認定白兔先生是嫌犯，實在過於武斷了，小五認為必須先從小偷的犯案動機來思考，於是決定從白兔先生的身上下工夫。「白兔先生是一隻怎樣的兔子？」

　　大哥想了想才說：「白兔先生和你完全不一樣，他的性格溫和，做事仔細、認真，大家都很喜歡他。」

　　小五氣得鼻子都歪了，齜牙咧嘴的抗議：「說得好像我就不認真、不仔細，大家都不喜歡我一樣！」

　　自知失言的大哥連忙轉頭裝作查看周圍的情況，當成什麼事都沒發生過一樣繼續說道：「白兔先生的確不像是會偷東西的竊賊，不過我們的判斷並不專業，還是把他交給警方調查了。而且……」大哥話鋒一轉。「這項研究其實還未完全成功，父親也沒打算立刻開始使用。但沒想到，有位教授故意將研究內容和缺陷暴露給媒體，才引起了巨大的騷動。那位教授還是父親非常信任的朋友，父親得知後也很驚訝。所以，凡事不能只看表面，白兔先生或許不如他表現出來的那麼善良……」

　　「等等！」大哥的話引起了小五的注意，他的眼睛閃過好奇的光芒，若有所思的問：「那位爆料給媒體的教授……該不會是山羊教授吧？」

「你怎麼知道？」大哥露出了驚訝的神情。

「父親的研究是這段時間最有爭議的話題，各家媒體都爭相報導，我多少知道一些。」小五記得父親提過，這是一項對抗寄生蟲、造福動物們的研究——

對抗寄生蟲是動物們的頭等大事，寄生蟲病會對宿主帶來營養不良、器官損傷、過敏反應、中毒等症狀，嚴重甚至會導致死亡。目前醫學界對寄生蟲病的治療手段主要是藥物，可是生物體內很多的分子都有同源性，寄生蟲是細胞生物，和宿主的同源性非常強，藥物在對付寄生蟲的同時，也可能對宿主造成影響，留下後遺症。而且寄生蟲具有抗藥性，因此每過一段時間就需要研製新藥。

雷鳴教授的生物研究所進行的這項研究，目的是培養一種可以使寄生蟲致病，卻又對宿主無害的細菌。這樣一來，就可以解決寄生蟲這個棘手的問題了。這項研究曾經被賦予期許，稱為幫動物世界帶來黎明曙光的「黑夜啟明星」。

本來這種安全且有效的治療方式將成為動物們的福音，所以當父親的研究所宣布這項研究取得階段性成果時，動物們都歡聲雷動，期待不已。只可惜……

「大哥！」小五皺起眉頭，努力回憶在報紙上讀到的隻字片語。「這項研究是不是出現了一個無法克服的嚴重缺陷？」

「是的。」大哥嘆了一口氣，用遺憾的語氣說：「這項研究在進入實驗評估階段時，有研究員發現這種細菌雖然會感染目標的寄生蟲，但傳播方式難以控制。也就是說，一旦將其大規模投入臨床使用，非目標的寄生蟲也有可能被感染而死亡。」

　　「那就沒錯了。」小五明瞭的瞇起眼睛，若有所思的點點頭。
根據這幾年自己對生物學的潛心鑽研，他早就從媒體報導中，分
析出這項研究可能導致的嚴重後果——

　　雖然大部分的寄生蟲都有害，可是有少部分寄生蟲對某
些動物來說是有益的，動物們必須和牠們共生才能活下去。

比如羊、牛、馬等動物，他們主要是依靠腸胃裡共生的纖毛蟲來消化植物。雖然纖毛蟲對很多水生生物有害，但對部分草食動物來說，卻是不可或缺的有益寄生蟲。特別是大貓熊，一旦沒有纖毛蟲，他們就再也無法消化竹子，將逐漸虛弱，甚至死亡。

正因如此，這項研究才會引起軒然大波，產生爭議，連尚未完成的實驗樣本，也被媒體犀利的諷刺為令動物世界陷入黑暗的「黑色剋星」。

最終，雷鳴教授停止了下個階段的實驗。

「我之所以這麼判斷，是因為大部分的草食動物都需要靠胃裡的寄生蟲幫助消化，這項研究一旦應用到實際生活中，他們就慘了。」小五正是從這一點猜出爆料者是身為草食動物的山羊教授。

難怪今天山羊教授沒來參加自己的成年禮。那麼，這次實驗樣本失竊，會不會也和她有關呢？

畢竟山羊教授有竊取的動機——只要偷走樣本並銷毀，草食動物的潛在危機就解除了。

想到這裡，小五連忙問：「大哥，山羊教授現在在哪裡？」

「你懷疑她嗎？」大哥搖搖頭，否定了小五的猜測。「山羊教授不久前和父親大吵一架，一怒之下回到了位於格桑市的老家，不可能是她偷的。」

「那狒狒教授呢？」小五又問。

「狒狒教授在這項研究上投入了大量的心血，這段時間由於研究有爭議，他的壓力特別大。為了抒解壓力，他 2 天前去埃及渡假兼休養了。」大哥拿出手機查閱。「今天 10 點左右，我按照

父親的要求，打電話通知兩位教授樣本失竊的事。」

小五頓時豎起耳朵，好奇的問：「他們有什麼反應？」

大哥回憶道：「狒狒教授很快接了電話，表示立刻安排飛機趕回來。倒是山羊教授……等我打了第二通電話，她才接起來，聲音聽上去像剛睡醒，不過知道樣本丟失，她也十分驚慌。」

對此，小五聳了聳肩膀。

「山羊教授驚慌是正常的，如果失竊的樣本外洩，草食動物會成為最大的受害者。不過，這也不能說明她不知情，也許是在故布疑陣，試圖擺脫自己的嫌疑。還有……」小五掐指一算，有些疑惑。「埃及當時不是凌晨 4 點嗎？為什麼狒狒教授能迅速接起電話？」

「沒什麼好奇怪的，狒狒教授最近罹患了失眠症，所以才去渡假來調養身體。他接得那麼快，肯定是又睡不著了。」大哥擔憂的說。

是這樣嗎？小五陷入了思考中。

雖然目前還沒有頭緒，但不管小偷是誰，萬一失竊的樣本不慎落到有心人士手中，都將引起一場可怕的災難，成為名副其實的「黑色剋星」。

所以，必須盡快找回失竊的樣本！

這時，走廊那頭突然傳來熟悉的聲音：「我們必須盡快找回實驗樣本，那是一種細菌，用一般的方法很難檢測到它有無異常。更糟糕的是，如果小偷不讓它在低溫環境下休眠，它隨時都有可能大量繁殖！」

這不是父親的聲音嗎？他的話也驗證了自己的顧慮……小五還沒反應過來，大哥就眼明手快的將他拉到身後，但是小五只來得及藏起半個身體，露在外面的屁股和尾巴還是被雷鳴教授一眼

看到了。

　　雷鳴教授頓時停下腳步，皺起了眉頭。「小五，你怎麼會在這裡？」

小五的破案祕技

糟糕，被父親發現了！

小五硬著頭皮從大哥身後走出來，一臉無辜的打起招呼：「爸爸，您不是説等我成年後，就要帶我來熟悉研究所嗎？所以我聽從您的吩咐，在成年當天就來參觀了！」

雷鳴教授頓時沉下臉，不悅的望向兩個兒子。他當然明白發生了什麼事：小兒子偷偷溜出家門，大兒子還幫他進入研究所，簡直不把他這個父親放在眼裡！

如果身旁沒有其他動物，雷鳴教授一定會狠狠訓斥他們一頓。但此刻，他只是責備的瞪了兩個兒子一眼，什麼都沒説。

小五自動忽略父親的眼神，飛快看向他的身後，那裡有一隻穿著警長制服的杜賓犬和一隻淚眼汪汪的兔子，應該就是負責這起案件的警長和嫌犯白兔先生。從父親和杜賓警長凝重的表情來看，白兔先生應該還沒有認罪。

　　杜賓警長安慰雷鳴教授：「白兔先生不肯認罪，我會安排他去拍照，再把他的照片拿給周圍的住戶和商家，看看案發前後有沒有誰見過他。」

　　聽到這裡，小五忍不住插嘴：「說不定小偷真的不是白兔先生。」

　　杜賓警長先前在和身邊的員警溝通案情，沒有聽到雷鳴教授與小五的對話，此時聞聲一看，眼前竟然有一隻從沒見過的牛頭㹴。但是根據長相和衣服上的家族徽章，他立刻判斷出小五的身分。「這位也是雷鳴教授的孩子吧？」

　　無奈之下，雷鳴教授只好不太情願的介紹：「這是犬子小五。小孩子不懂事，我馬上讓他回家。」

　　「我已經成年，不是小孩子了。」小五急忙辯解，並趁機向杜賓警長闡述自己的觀點。「我認為調查案件的時候，必須考慮到所有可能性，萬一白兔先生確實被冤枉了，說不定真正的小偷已經帶著樣本溜走了。」

　　和雷鳴教授不一樣，杜賓警長沒有露出不耐煩的神情，反而贊同的朝小五點點頭。「你說得沒錯，但是在沒有其他證據的情況下，白兔先生的嫌疑最大，我們只能先從他開始調查。」

　　「如果我能找到關鍵的證據呢？」得到認同的小五「得寸進尺」的問道。

　　「夠了！」雷鳴教授忍無可忍的打斷了小五和杜賓警長的對話，接著口氣不好的對小五說：「杜賓警長的辦案經驗豐富，難

道會比不上你？你趕緊回家，不許干擾警方辦案！」

「請等一下！」杜賓警長連忙出聲阻止：「警方辦案也需要得到各方的支援，而且風暴家族的孩子個個出色，大公子發明的仿蛛絲手銬，警方已經開始使用了，希望能杜絕嫌犯逃跑的事件發生。所以，我們不妨先讓小五把話說完。」

說到這裡，杜賓警長看向小五，饒富興致的問：「你準備用什麼方式找到證據？是演繹法，還是逆推法？」

「都不是。」小五精神奕奕的宣布：「從現在開始，我要扮演那個偷走樣本的罪犯！」

「扮演罪犯？」包括杜賓警長在內，在場的所有動物都一愣。

「對，我把這個方法稱為『角色扮演』。」說到自己的拿手好戲，小五頓時神采飛揚，眼神中充滿了自信。「無論是什麼案件，一定都會有做案動機、手法及過程。『角色扮演』就是透過扮演罪犯或受害者，分析他們的行動方式與思維模式，藉此追尋線索，最後破解案件。」

他曾經用這個破案祕技解決了不少案件，包括找回雪納瑞管家丟失的重要文件。

「現在，請大家配合我。」小五立刻扮演起小偷。

他首先來到重點實驗室的閘門前，若有所思的說：「據我所知，訪客即便透過登記，進入了研究所的第一扇閘門，也無法進入這扇閘門。」

「沒錯。」杜賓警長點頭認同，頗為困惑的說：「警方查了最近 1 週的出入情況，沒有發現任何異常。嫌犯白兔先生也只在今天早上 8 點換班的時候，在兩道閘門各留下一條時間相差不久的進入記錄。所以，我們猜測白兔先生可能清除了之前的出入記錄，或者透過其他管道進入了實驗室。」

既然出入記錄沒有異常，那麼接下來的重點就是調查實驗室。在杜賓警長的帶領下，小五順利進入遭竊的實驗室，繼續模擬樣本被偷時的場景。這裡的蒐證工作已經結束了，但為了方便小五調查，大家都待在門外。

首先，根據記錄，案發時，實驗室突然陷入一片漆黑。

「杜賓警長，我需要獼猴先生還原當時的情況。」小五指著站在員警中間的獼猴先生。

「可以。」杜賓警長點點頭，示意獼猴先生進入實驗室。獼猴先生大概是太過緊張，走進實驗室的時候還有些迷迷糊糊，花了幾分鐘才找到自己被襲擊時的位置。

緊接著，小五伸出爪子，「啪！」的一下把燈關掉了，沒有對外窗的實驗室頓時陷入黑暗。獼猴先生摸索著往門口移動，一路撞倒了好幾張椅子。小五則模仿嫌犯，朝獼猴先生靠近。狗的夜視能力極好，所以他輕鬆避開了障礙物。

仔細觀察整個過程的杜賓警長恍然大悟。「原來是這樣！獼猴先生說過，在小偷靠近他之前，他沒有聽到任何動靜，說明小偷一定擁有很強的夜視能力，否則不可能悄無聲息的靠近他並精準的攻擊。兔子的夜視能力不是很好……但白兔先生也可能借助某種高科技產品，比如夜視眼鏡。」

「對，有這個可能性。」小五把燈打開，敏銳的環顧四周。他發現實驗室的空間不大，如果從正門進來，很難順利偷襲獼猴先生且不被發現。難道……

突然間，小五的眼睛一亮，指向某個地方。「你們看那裡！」

大家順著他的爪子轉頭，發現小五指著牆壁上方一個四四方方的小通風口。通風口的扇葉是橫條紋，與周圍牆壁上的磚塊條紋一致，顏色也一樣，乍看之下很難發現。

　　小五興奮的説：「這個通風口能通到室外，小偷或許是從這裡進入實驗室，這就能解釋閘門為什麼沒有留下記錄。」

　　沒想到小五看似胡鬧的舉動真的帶來了新發現，讓大哥不由得對他刮目相看，連一直沉著臉的雷鳴教授，此刻都露出了略帶驚訝的神情。

　　「你們之前怎麼沒查到這個通風口？」杜賓警長不悦的質問辦案的員警。

員警急忙翻出一張構造圖遞給杜賓警長，並提出異議：「我們查過研究所的構造圖，那個通風口雖然通往室外，可是另一頭距離地面有十幾公尺高，而且管道內的空間狹小，只有小型動物才能通過，但那種體型的動物很難擊暈獼猴先生，所以我們就排除了這個可能性。」

　　這一點，小五早在進入研究所前就注意到了。

　　「通風口的另一頭離地面的確有點高，僅僅依靠跳躍能力是不可能進入的，借助梯子等大型攀爬工具又過於顯眼，但是，善於攀爬或能夠飛行的動物就有可能成功進入。而且在漆黑的情況下對付一隻近視的獼猴，即便是小型動物，只要瞄準要害，也有可能擊暈他。」說到這裡，小五扳起手指，開始一一排除嫌犯。「獼猴先生說襲擊他的動物有軟軟的毛，這隻動物還必須擁有持重物擊暈猴子的能力，這就排除了鳥類做案的可能性。那麼，只剩下善於攀爬、渾身毛茸茸且能使用重物的動物了。」

　　小五決定進去通風管道尋找線索。他的體型是全家最小的，勉強可以鑽進去。通風管道裡很少清洗，積滿了大量的灰塵，小五一看就皺起了眉頭，但他沒有退縮，而是戴上口罩和手套，帶著拍立得相機，全副武裝的鑽了進去，杜賓警長也安排了兩名身形較小的員警隨後進入。幾分鐘後，小五激動的舉著一張照片出來了，那張照片清楚記錄了一個重要的線索——

　　在通風管道積滿灰塵的盡頭，有一個新的腳印。

　　腳印恰好留在通風管道另一側出口的邊緣，除了腳印，還有一道拖痕，似乎是狡猾的小偷用尾巴掃掉腳印時留下的。小五拍到的腳印可能是小偷離開時，來不及處理而遺漏的。

　　這個發現更加證實了白兔先生的清白，因為想要掃去腳印，必須要有一條長長的尾巴才能辦到，而白兔先生的尾巴比耳朵更

短，不可能留下這種痕跡。

　　小五將這個肉墊形狀較淺的腳印和腦海中的動物圖鑑一一比對，再結合尾巴的形狀、擅長攀爬的特點⋯⋯

　　很快的，他胸有成竹的宣布：「根據我的分析，潛入者有99% 的可能性是一隻**鼬科動物**[1]。」

　　這個重大發現讓已經陷入僵局的調查出現了曙光，杜賓警長立刻安排警力去調查市內的鼬科動物。畢竟申城是一個沿海城市，並非鼬科動物的主要棲息地，因此這裡的鼬科動物不多，逐一調查一定會有收穫。

　　一切安排妥當後，杜賓警長忍不住誇讚小五：「在破案方面，你的確很有天賦，不愧是風暴家族的孩子！」

　　小五眉開眼笑的搖起尾巴，得意的轉頭去看父親。見識到自己的出色表現後，父親的態度一定會有轉變吧！

　　然而，映入眼簾的卻是一張更陰沉的臉。

　　雷鳴教授抽動著嘴角，彷彿剛吃下一大口超級苦的苦瓜，此刻渾身上下都是苦的。他將小五拉到一邊，態度強硬的說：「今天的事我就不計較了，但是你現在必須立刻回家，重新選擇自己的職業！」

　　為什麼？剛才杜賓警長明明表揚了自己！正沉浸於辦案的小五當然不會順從父親的命令！

　　然而，2 分鐘後，他就被父親毫不留情的趕出了研究所。

 犬小五 ●⋯⋯⋯⋯⋯⋯⋯⋯⋯⋯⋯⋯⋯⋯⋯⋯⋯⋯⋯⋯⋯⋯●

鼬科是犬型亞目動物中的一科，也是肉食動物中最大的家族之一，包括體型最小的肉食動物伶鼬、個性極為凶悍的蜜獾，還有俗名黃鼠狼的黃鼬、善於游泳的水獺，以及其他獾類和鼬類動物。牙齒尖銳有力、動作敏捷靈活，是鼬科小型肉食動物的典型特徵。對了，他們還有一個共同點——鼬科動物都會釋放惡臭的味道⋯⋯

送上門來的線索

這下麻煩了！

雷鳴教授不由分說的把正沉迷於調查的小五趕出研究所，還叮嚀警衛不准再讓他進來。於是，小五想再次混進研究所的念頭就被徹底熄滅了。可是，作為一名偵探，怎麼可以在案子尚未解決的時候半途而廢！

「哼！就算把我從研究所趕出來，我也有辦法繼續調查！」小五不服氣的下定決心。

不能進入研究所，在外面調查總可以吧？

小五繞著研究所走了一圈，鑽進了周遭的草叢裡。既然小偷

是從通風口進出研究所，那外面一定會留下蛛絲馬跡。

「哇！」

「啾！」

剛踏進草叢，小五就被一團軟綿綿的東西絆得差點摔倒，幸好他反應迅速，及時站穩腳步。那團軟綿綿的東西到底是什麼？就在小五努力想要看清楚對方的時候，發現對方也盯著他看，雙方對視了幾秒後，同時叫了起來──

「**花栗鼠**¹！」

「糟糕，是風暴家族的狗！大家快跑啊！」

伴隨著草叢裡窸窸窣窣的竄逃聲，小五立刻明白了──眼前這群花栗鼠正是那群成天想法子入侵自己家的三流偵探。

看來他們分工合作，還派了幾隻在這裡埋伏，真是讓小五煩不勝煩！自己的偵探理想會遭到父親強烈反對，一定是被這群同行的不良作風連累的！想到這裡，小五就氣得豎起眉毛，心型鼻頭也跟著抽動。可是身為偵探的他，下 1 秒就想到了一件與案件有關的事：這些傢伙如果是沒日沒夜的守在研究所周圍，那他們有可能看到了小偷的身影！

真是「得來全不費工夫」，不用自己去找，線索就自動送上門了！

小五眼明手快的抓住想要逃跑的線索，不對，是其中一隻花栗鼠，並露出不懷好意的笑容。雖然花栗鼠拼命掙扎，但憑他的

犬小五

身形小巧的花栗鼠依靠頰囊裝食物，一次能容納六、七顆堅果。為了搶在其他同伴之前收集更多食物，花栗鼠甚把頰囊撐到原本的兩、三倍大。就算裝滿整嘴的食物，也絲毫不會影響他們敏捷的身手。我們犬科動物是花栗鼠的天敵，遇上我們，他們只能選擇逃走，逃不掉的還會用堅果攻擊。

力氣是無法和一隻牛頭㹴抗衡的。

　　眼看無法逃脫，花栗鼠只好瑟瑟發抖的求饒：「求求你別咬我，也別用高壓水槍噴我！只要你不傷害我，我什麼都說。」

　　這隻花栗鼠也太好對付了吧！看來他們已經都知道自己今天早上用水槍噴射的「壯舉」了。小五心裡竊喜，故作凶狠的問：「那你告訴我，你守在這裡多久了？」

花栗鼠老實的説：「有 2、3 天了吧！」

那麼案發的時候，他應該也在這裡。這讓小五更興奮了，連忙追問：「那你今天有沒有在附近見過鼬科動物？」

看到小五興奮的樣子，被抓住的花栗鼠更害怕了，説話也變得結結巴巴。「鼬、鼬科？是不是那種頭扁、尾巴細，身體和背上毛色不同的動物？我還真、真的看到過一個。」

沒錯，這些就是鼬科動物的特徵！小五的眼睛一亮，激動得快跳起來了。花栗鼠果然在這裡見過小偷的身影！雖然這種和跟蹤沒兩樣的行為不值得提倡，但這次卻幫了小五一個大忙。

小五正準備追問的時候，花栗鼠的話卻撲滅了他心中希望的火苗。「不過，我不是今天看到的，是昨晚。當時我在對面的商店裡買瓜子，恰好看到他背著一個工具箱經過。因為沒怎麼見過那種動物，我忍不住多看了幾眼。他的體型比你大一點，頭扁扁的，尾巴細細的，不算特別長。我印象最深刻的是他背上的毛呈灰白色，一直延伸到頭頂，像梳了個小平頭。他的身體很黑，看起來很凶的樣子。後來他瞪了我一眼，我就不敢再看了。」

平頭？很凶？小五忍不住抖了抖三角形的耳朵，陷入了沉思。花栗鼠説的這些話，和小偷的特徵似乎不相符啊！

不僅時間和地點都不對，而且根據花栗鼠的描述，他看到的顯然是一隻**蜜獾**[1]。蜜獾也是在申城十分罕見的鼬科動物，但是體型比自己大，根本不可能鑽進通風口做案，也就不可能是小偷。

果然，線索不是這麼容易就能得到的，小五鬱悶的歪了頭。

犬小五 ....●

蜜獾的性格暴躁、凶猛好鬥，有「非洲平頭哥」之稱。雖然體型不大，但爪子尖鋭，毛皮厚韌，能輕鬆捕食小型哺乳動物，消化系統則強大到對蛇毒和蜂毒都有免疫力。即使與獅子或豹狹路相逢，蜜獾也能與之一搏！總之，如果遇到蜜獾，及時認輸，千萬不要和他硬碰硬！

就在這時，新的狀況出現了！

伴隨著響亮的警笛聲，原本停在研究所門外的警車突然全都離開了，一定是案件有了進展！

小五頓時沒心情理會花栗鼠了，他匆匆警告對方不要再於宅邸及研究所附近出現後，就趕緊鑽進自己的汽車裡，悄悄跟在警車的後方。

十幾分鐘後，警車一路暢通無阻的抵達了機場。小五一停好車，就馬不停蹄的追上了腳步匆匆的杜賓警長。

杜賓警長沒想到會在這裡遇到他，十分意外的問：「小五，你怎麼會在這裡？算了，不管你有什麼事，都請改天再說，我們有緊急任務！」

小五連忙懇求：「杜賓警長，能不能讓我和你們一起調查？」

當然……不可以！可是剛才小五的確幫了警方大忙，何況他還是雷鳴教授的孩子……

「恐怕不行。」思考片刻後，杜賓警長還是拒絕了小五的請求。

「好吧！我在這裡等你們。」小五只好老實的停下腳步，目送杜賓警長和幾名員警衝進候機大廳。

在等待的過程中，小五從負責開車的員警口中得知，原來警方發現申城目前有四隻鼬是常住居民，還有一隻最近才來的外地鼬。更巧的是，這隻外地鼬居然和研究所有關係，因為他是花城有名的商會會長，喜歡做慈善，曾經資助花貓教授和狒狒教授合作的研究專案。經過調查，這位鼬先生剛從旅館退房，正前往機場，準備離開申城。

「難道是想帶著實驗樣本逃跑？」小五立刻猜測道。

擔任司機的員警贊同的說：「杜賓警長也這麼認為，等他們

回來就知道了。」

半小時後，杜賓警長和員警們回來了，但是臉色很糟。

難道是抓捕過程不順利嗎？小五心中暗叫不妙，急忙上前詢問：「杜賓警長，出了什麼事？莫非是嫌犯逃跑了？」

杜賓警長嘆了一口氣，難掩失望的説：「小五，你提供給我們的方向可能是錯的。鼬先生不可能是嫌犯，他今天一整天都待在旅館裡沒有出門，剛剛去旅館調查的員警已經透過監視器的影片證實了。而且，我仔細對比過，他的腳印和通風管道裡的腳印也不一樣。將他排除後，申城內的鼬科動物沒有一個符合條件。」

「可是通風管道裡的確有一個鼬科動物留下的腳印啊！」小五覺得事情沒那麼簡單。如果市內的鼬科動物都被排除嫌疑了，那個腳印又是誰留下的？

杜賓警長還沒來得及説話，又接到了在研究所辦案的員警打來的電話，對方似乎匯報了一條新的線索。

「我先回研究所了，你趕緊回家吧！」杜賓警長沒再和小五多説什麼，就神色匆匆的坐上警車，趕回了研究所。

看來沒辦法從杜賓警長那裡問出什麼了。不過沒關係，既然是在研究所裡發現的線索，只要問大哥就知道了。

小五連忙撥通大哥的電話，説明了來意。

「你這孩子也太胡鬧了！」電話那頭，大哥嚴厲的訓斥道：「你居然還在外面閒逛！我警告你，趕緊回家，別再插手管這件事了！」

「我沒有閒逛！父親不是説過，實驗樣本失竊的後果很嚴重嗎？這種時候，我們應該想辦法共度難關。況且這是我的專長，剛才我不就幫上忙了嗎？」小五不服氣的據理力爭。「而且我今天已經成年，別再把我當成小孩子了！」

　　「你那是幫倒忙！警察剛剛就是被你誤導了，現在他們認為
應該還是內部人員犯案。」被小五的話一刺激，大哥在不知不覺
間說出了線索。可能意識到自己的語氣太重了，幾秒後，大哥又
用緩和的語氣補充：「當然，這不代表你的推理毫無作用，警方
也在考慮其他辦案方向，比如那個腳印可能是嫌犯偽造的，用來
轉移視線。」

　　小五當然沒有這麼容易氣餒，他早就明白，想成為一名優秀的偵探，必須要有一顆經得起千錘百鍊的心。在證據不足的時候，偵探的確可能做出錯誤的判斷，甚至被誤導，但只要及時找回正確的方向，就一定可以查明真相。

　　如果通風管道裡的腳印是偽造的，那麼小偷是不是鼬科動物就無法確定了。但可以確定的是，一定有一隻動物透過通風管道進入實驗室，並且偷走樣本。

　　想到這裡，小五又問：「那警察現在懷疑的是誰？」

　　「還是白兔先生，剛剛查到他曾經是山羊教授的學生，警察認為山羊教授可能出於和父親的恩怨，所以指使白兔先生偷竊……」

　　「啪！」的一聲，大哥的話還沒說完，一邊打電話一邊走路的小五就和另一隻動物迎面撞上，接著跌坐在地上，手機飛了出去，通話也因此中斷了。

　　「唉唷！」小五揉了揉摔痛的屁股，正想站起來找手機，但下 1 秒，他只覺得領口突然變緊，身體卻一輕，居然整隻狗被揪著領子一把拎了起來。

　　「你沒長眼睛嗎？」那隻動物咬緊牙關，氣沖沖的訓斥道。

　　明明是對方撞到自己的，居然這麼不講理！小五也生氣的抬起頭，準備和對方理論。然而，在看清楚對方的模樣後，他頓時驚訝得說不出話來。

　　竟然是一隻蜜獾！

商會門口的不速之客

　　糟糕，蜜獾是相當不好對付的動物！他們的性格凶悍，攻擊性很強，戰鬥力極高，而且不管大事或小事，都喜歡用武力解決。更麻煩的是，蜜獾生氣時，絕對不會輕易善罷甘休。

　　蜜獾一旦被激怒，能從他們手中安然逃脫的動物，數量恐怕不到動物總數的 1%。現在開始祈禱對方放過自己，似乎有點不切實際。

　　小五乾脆聽天由命的閉緊雙眼，可是等了 2 秒，什麼事都沒有發生。他忍不住將眼睛偷偷睜開一條縫，只見蜜獾的表情可說是生氣到了極點，拳頭也握緊到喀喀作響，卻像被按下暫停鍵似的，遲遲未落下。

「哼！算你走運，我今天沒工夫和你算帳！」蜜獾拎著衣領的手一鬆，將小五丟在地上，竟然轉身離開了。

太不可思議了，好鬥的蜜獾居然就這樣放過自己！小五一骨碌的從地上爬起來，難以置信的摸了摸毫髮無損的臉。同時，他也想起花栗鼠提供的情報——昨天晚上，研究所附近曾經出現過一隻蜜獾。

蜜獾在申城十分罕見，而且前後兩次出現的地點都和案件相關，這也太巧了！該不會這兩次出現的是同一隻蜜獾吧？

身為偵探的直覺告訴小五，這隻蜜獾一定有問題！

雖然剛才大哥說，警方依然覺得身為內部員工的白兔先生有嫌疑，可是白兔先生獨自做案確實有難度，這會不會是一次裡應外合的竊案呢？這麼想著，小五當即決定以身涉險，躡手躡腳的跟上了蜜獾的腳步。

看見蜜獾快步走進候機大廳，小五隨便買了張機票，也跟著走了進去。

候機大廳裡坐滿了要飛往東南西北的旅客們，唯獨不見蜜獾的蹤影。小五伸長了脖子，腦袋像雷達一樣左右轉動，黑豆般的眼睛飛快的掃描著一個個身影，不敢放過任何一處。

這時，一段廣播聲響起：「乘坐 XXX 次航班前往花城的旅客請注意，現在開始登機，請前往 1 號登機口……」

聽到是前往花城的航班，小五下意識的朝登機口的方向看去，發現那裡有一群旅客正排隊準備登機，中間有一隻穿著光鮮亮麗的黃鼬，他的身邊正是剛剛那隻蜜獾。

這隻黃鼬……該不會就是杜賓警長口中那個商會的會長鼬先生吧？可疑的蜜獾居然和他是一夥的！

頓時，一連串的線索全都連在一起了。

通風管道裡的鼬腳印。

案發前揹著工具箱出現在研究所附近的蜜獾。

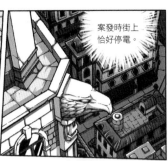

案發時街上恰好停電。

説不定就是蜜獾造成停電，導致案發現場一片漆黑，讓潛入實驗室的鼬先生成功得手。

也就是説，這隻蜜獾很可能是鼬先生的同夥。

杜賓警長查過通風管道裡的腳印，和鼬先生的並不相符。

警方甚至懷疑腳印是小偷偽造的。

如果嫌犯真的要偽造腳印，為何偏偏選擇申城中屈指可數的鼬科動物呢？

如果我是小偷，一定會偽造申城中數量眾多的動物腳印，這樣不僅能誤導警察的調查方向，説不定還能蒙混過關。所以，腳印不是偽造的，肯定是一隻鼬科動物留下的。

經過一番思索後，小五還是認為鼬先生的嫌疑最大。不過，他完美的不在場證明又是怎麼回事呢？

雖然疑點重重，但小五感覺自己離真相又近了一步。他立刻買了下一班飛往花城的機票，並撥通雪納瑞管家的電話：「管家爺爺，你能幫我把工具箱拿到機場來嗎？對，就是那個裝滿了道具，還貼了狗爪貼紙的工具箱。」

在飛機上，小五整理了目前為止擁有的案情線索——

在媒體曝光後，雖然有不少動物像山羊教授一樣持反對意見，但也有不少動物認為這項研究有利可圖，因此都想得到實驗樣本。

這就是偷盜的動機。

根據目前得到的線索，這件案子極可能有內部人員參與並擔任內應，否則那隻鼬科動物不可能這麼順利的偷走樣本。那麼，在內部接應的動物是誰呢？

首先，這隻動物很清楚研究所的結構，才能利用那個不起眼的、隱藏在牆磚花紋中的通風管道。

其次，這隻動物經常和父親打交道，才能得到父親鼻子的資料。而且因為有了外援，這個內應可以不用待在案發現場。

也就是説，即便是有不在場證明的動物，也可能是內應。

經過一番斟酌與考量後，小五將主要懷疑的目標鎖定在能進入重點實驗室的動物身上，並逐一審查。

獼猴先生雖然是受害者，但也有可能是內應。

父親是研究所的負責人，樣本被盜會為研究所帶來極大的輿論壓力，不太可能是他。

花貓教授是一位個性執著的老學者，不願意放棄任何一項研究。她和狒狒教授合作的一個專案曾經得到鼬先生的資助，所以她和狒狒教授都與鼬先生有私交。

狒狒教授在這項研究上傾注了不少心血，因為媒體曝光所帶來的巨大壓力，身體健康出現問題，才會去渡假兼休養。

山羊教授是最反對這項研究的動物，她向媒體曝光應該也是希望利用輿論對父親施壓。說不定她會想透過偷走樣本，進一步為父親施加壓力。

白兔先生是山羊教授的學生，雖然以兔子的體能無法獨自做到那麼多事，但如果有外援就容易多了。

這麼看來，和警察的判斷一樣，白兔先生的確具有最大的嫌疑。

該不會真的是山羊教授指使白兔先生和鼬先生裡應外合，偷走了樣本吧？

可是，與鼬先生接觸過的狒狒教授和花貓教授也不能完全排除嫌疑……

「線索不夠，很難判斷啊！」小五煩躁的揉了揉心型的鼻頭，另一隻爪子不安分的在飛機前方座椅的椅背上「彈鋼琴」，同時自言自語：「不過，樣本失竊一定和那位鼬先生有關，先去調查他一定不會有錯。」

說完，他重新振作起精神，查閱鼬先生和他所在商會的資料。

3 小時後，小五搭乘的航班順利抵達了花城。

花城是一座典型的臨海城市，氣候比申城更溫暖、潮溼。作為一座千年不衰的商業大都市，貿易的繁榮也為城市帶來了蓬勃的生機，無數商會都在這裡發展並壯大。

一下飛機，小五就按照查到的地址，馬不停蹄的趕往鼬先生商會所在的商圈。這裡是花城的鬧區，街道上熙熙攘攘，遊客如織。街道兩旁高樓林立，購物中心、旅館和辦公大樓櫛比鱗次，令人眼花撩亂。

正如警察所說，鼬先生在花城是一隻很有影響力的動物，想找到他的商會並不難。可是站在繁華的市區街頭，小五又頭疼了起來——他該怎麼接近鼬先生呢？

如果的確是對方偷了父親的實驗樣本，一定會對同為牛頭㹴的自己有所防範，何況自己的長相也酷似父親。

「我應該先變裝一下，再去找鼬先生嗎？」小五不由得放緩腳步，陷入沉思。

是尋求合作的商業菁英，還是推銷產品的銷售員？或是假裝成前去應徵的求職者？

小五的腦海中閃過一個個不同的形象，他揮舞著四肢，變換著各種表情，旁若無人的演起戲來。

經過一番尋找，終於在街上一個略顯僻靜的地方，一棟四層樓高的西式方形建築映入了小五的眼簾——這裡就是鼬先生的商會所在地。商會一側的小門邊聚集著好幾輛貨車，工人們進進出出，似乎正在卸貨。

再三思考後，小五決定謹慎行事，以免打草驚蛇，於是他走進商會對面的一家早茶店。

吃早茶是花城的傳統，因此早茶店遍布花城的大街小巷，而且從早開到晚。現在不是吃早茶的高峰時間，所以店裡的客人並

不多。

　　經過一番精挑細選後，小五找了一個靠窗的位置坐下，從工具箱裡翻出一個折疊式的高倍望遠鏡，像同行花栗鼠那樣，耐心等待他要找的動物出現。

　　皇天不負有心狗，1 小時後，終於有一隻黃鼬大搖大擺的從商會正門走了出來。

他的身邊如影隨形的跟著一隻蜜獾，像是他的貼身保鑣。在他們的身後，還有一群由各種好鬥的動物組成的、看起來很不好惹的保鑣團。

鼬先生打扮得十分誇張：嘴裡叼著粗大的雪茄，鼻子上架著巨大的墨鏡，脖子上的金項鍊閃閃發光，走起路來趾高氣揚，看起來完全不像商人，倒像是黑幫電影裡的大哥。

不過這也不奇怪，畢竟黃鼬就是大家熟知的黃鼠狼，在世間的印象中，他們天性貪婪、囂張，在動物世界惡名昭彰，更是小型動物的天敵。

這個庸俗、粗鄙的傢伙會是個大慈善家？小五根本不相信。指責了鼬先生的形象幾秒後，小五的注意力被他拿著的手提箱吸引住了。箱子表面有些許凝結的水珠，像是剛從低溫的環境裡拿出來。

一輛豪華的汽車緩緩駛來，鼬先生拿著手提箱上車。透過車窗，小五隱約看到後座放著一個車用冰箱，鼬先生一上車就將手提箱謹慎的放進裡面。

對了，父親說過，實驗的細菌樣本必須放在冷藏環境中休眠，不然可能會無止盡的繁殖。

鼬先生如此注重那個手提箱，還放進冰箱冷藏，裡面裝的該不會就是樣本吧？

種種線索都表明這位鼬先生十分可疑！

小五連忙調高望遠鏡的倍數，緊盯著鼬先生的一舉一動，生怕錯過一丁點的蛛絲馬跡。

此時，只見站在車旁的蜜獾將一張邀請函遞給鼬先生。

出於偵探的本能，小五當機立斷的用望遠鏡的拍攝功能，將整張邀請函拍了下來。

冷藏保存的手提箱、寫著暗號的宴會邀請函，以及銅牆鐵壁般的保鑣團，這下子幾乎可以斷定鼬先生就是竊賊了！如果自己分析得沒錯，鼬先生接下來會前往邀請函上的地點，將實驗樣本交易出去。

小五趕緊低頭看了看時間，已經是下午 4 點多了。

離宴會開始還有 2 個多小時，必須想個完美的計劃，把樣本奪回來。硬搶肯定是不行的，鼬先生有那麼多保鑣，隨便找一個出來，自己都打不過，還是要智取才行。

雖然小五非常有自信，覺得身為偵探的自己什麼都懂，但只有一件事——戰鬥，他是完全不會的。

儘管身上流著鬥犬的血液，可是作為新時代的文明動物，小五固執的認為不該讓自己屈服於野性之下，所以從小就排斥動手。到現在，他早就沒了狩獵的本能和戰鬥的本領，碰到危急情況，只能靠聰明才智來化險為夷。

盯著望遠鏡拍下來的邀請函，一個計劃在小五的大腦中逐漸成形——

對，就這麼辦！小五的臉上露出了十拿九穩的笑容。

隨著最後一名保鑣鑽進車裡，鼬先生的車門關上，司機一打方向盤，眼看就要開走了。繼續待在這裡也沒有意義，小五見好就收，準備離開早茶店。

嘰——

突然間，鼬先生的汽車緊急剎車，猝不及防的停了下來。

出了什麼事嗎？小五連忙探頭看去，只見一隻髒兮兮的雞不知道從哪裡竄了出來。

那隻雞灰頭土臉，像個沒見過世面的土包子一樣，用身軀硬生生的擋在鼬先生的車前面。

　　愣頭雞雙翅抱胸，瞇著眼睛往前站一步，不客氣的衝著汽車喊道：「我找鼬先生，讓他下車。」

　　車上的保鑣們你看我、我看你，沉默 2 秒後爆出一陣笑聲。這隻雞在開什麼玩笑！鼬先生是他想見就能見的嗎？

　　司機不耐煩的按響了喇叭，言下之意是：再不讓開，別怪我不客氣！

　　但是那隻雞卻絲毫沒有退讓的意思，反而挺直了腰桿，似乎要和汽車硬碰硬。

　　「唰——」的一聲，司機不再猶豫，駕駛著豪華汽車，全速衝向攔車的雞。

　　糟糕，雞要被撞飛了！小五咬緊了牙關，提心吊膽，可是接下來看到的畫面，卻大大出乎他的意料。

　　眼看汽車即將逼近，那隻雞卻沒有絲毫驚慌，他騰空躍起，一蹬車頭，借力攀上了鼬先生的車頂。

　　登車雞二話不說，開始運用體重「哐！哐！哐！」的跳躍，整個車身都因為他的動作而劇烈晃動，車裡的動物也跟著左搖右晃。

　　再這樣下去，整輛車都要被這隻雞震垮了，司機只好再次緊急剎車，訓練有素的保鑣們連忙護送鼬先生下車。

　　這樣也行？這種原始的蠻力停車法使小五極為震驚，望向那隻雞的眼神中也多了一絲欽佩。

　　登車雞居高臨下，一眼就發現了動物群中的鼬先生。他張開翅膀，一個飛身跳下車，直接朝著鼬先生衝去。

　　鼬先生的頭上頓時冒出斗大的汗珠，急忙朝保鑣團使了一個眼色。對登車雞不滿已久的保鑣們早就蠢蠢欲動了，於是一口氣將登車雞團團圍住，拳頭也握得喀喀作響。

糟糕，看來這隻雞要被鼬先生的保鑣團收拾掉了！

小五忍不住替登車雞緊張了起來。雖然這隻雞勇氣可嘉，也挺有兩下子的，可是雙拳難敵四手，他一隻雞怎麼打得過整個保鑣團呢？

只見鼬先生一聲令下，保鑣們便氣勢洶洶的衝上前去。一馬當先的大猩猩舉起一雙鐵拳，往那隻雞的腦袋上砸去，簡直就像要用石頭砸核桃——吃了這記重拳，那隻雞的雞冠恐怕都得從中分變成旁分！

然而，下 1 秒發生的事卻令所有動物都嚇掉了下巴。

那隻雞微微偏轉腦袋，輕輕鬆鬆就躲過了大猩猩的拳頭。隨後，他回身一記側踢，正中大猩猩的臉。

伴隨著「咻——咚！」的聲音，體型絕對占優勢的大猩猩瞬間被踢飛，落在幾公尺外，搗著臉半天都爬不起來。

登車雞這番行雲流水的攻擊讓每個保鑣都看呆了，他們有默契的迅速拉近距離，決定進行圍攻。

然而，登車雞的動作快得像使用了加速器，「咻！唰！咚！」的幾下，他雙翅翻飛，步伐交錯，先是用假動作晃出了包圍網，接著回身側踢並扭打，竟然快、狠、準的打倒了一大群凶猛的保鑣！

小五睜圓了雙眼，看得目瞪口呆。他絕對不是一隻普通的雞，而是一隻所向披靡的**鬥雞**[1]——雞中的戰鬥雞！

 犬小五 •••

鬥雞既是指一種類型的雞，也是指一項極為古老的活動。2 千多年前，中國就有專門飼養鬥雞的養雞場和舉行鬥雞活動的鬥雞臺，當時飼養鬥雞和參與鬥雞活動都是一種流行，但殘忍的黑市也隨之興起，對鬥雞活動造成了不可磨滅的傷害。

　　眼看戰鬥雞即將衝到自己的面前，鼬先生再也無法保持鎮定了。他急忙轉過身去，將衣服一掀，擺出一個鼬科動物的招牌動作。

　　保鑣們見狀，頓時大驚失色，也顧不上戰鬥雞要做什麼了，紛紛搗住鼻子，連連後退。

　　擁有豐富生物知識的小五一眼就看出，鼬先生是想施展他身

為**黃鼬**[1]的絕招——臭氣來對付這隻雞。於是他連忙打開早茶店的窗戶，躲在牆邊不露面，然後捏著鼻子大喊：「別吸氣！」

話剛說完，只見鼬先生尾巴一抬——噗！

1秒後，「砰！」的一聲，現場唯一一個沒有採取預防措施的汽車司機重重的倒在地上，被熏到昏了過去。

好在戰鬥雞似乎是聽到了小五的提醒，依然穩穩的站著。

「可惡！是誰提醒了這隻雞？」眼見絕招無效，鼬先生氣惱的蜷起身體，抱頭躲到了蜜獾的身後。

在這個關鍵時刻，一直冷眼旁觀的蜜獾終於出手了！

攻無不克，戰無不勝的戰鬥雞顯然沒把這隻步步逼近的蜜獾放在眼裡，只見他先發制獾，騰空而起，抬爪就是一個風馳電掣的迴旋飛踢。

但是很可惜，在一旁觀戰的小五看得出來，這次的飛踢起不了制敵的作用。

果然，下1秒，雞的爪子擦過蜜獾的毛皮滑開了。這個意外讓戰鬥雞一時呆住了，蜜獾則把握戰鬥雞進攻的空檔，以一擊精準的爪襲擒住雞身，再將他重重的摔到地上。

保鑣團趁機一擁而上，終於打倒了這隻雞。

 犬小五 •••
雖然有一句歇後語叫做：「黃鼠狼給雞拜年——沒安好心。」但俗稱黃鼠狼的黃鼬其實很少吃雞，主要以兔子、老鼠等小型動物為食。他們在戰鬥時釋放的臭味，來自肛門兩旁的腺體排出的臭氣和分泌物。

07

「雞犬不寧」天團成立

　　小五在心中大呼可惜！這隻戰鬥雞這麼厲害，竟然還是輸給了蜜獾。他要怎麼做才能反敗為勝呢？小五陷入了沉思。

　　「先把他關進倉庫，等我辦完事再和他算帳！」看到戰鬥雞被抓住，鼬先生又恢復了從容的神情。他整理好衣服，插腰指揮幾個圍觀的商會工人把雞押走，接著神氣十足的吩咐：「搜一搜周圍，這隻雞可能有同夥。我有急事先走了！」

　　換了一輛新車後，鼬先生和蜜獾帶著幾個保鑣揚長而去。

　　剩下的保鑣立刻按照鼬先生的吩咐，在周圍搜索。小五心知不妙，趁著還沒有動物注意到自己，連忙從早茶店的後門溜走了。他沒有急著跟上鼬先生，反而偷偷跟上那支押送雞的隊伍。

實不相瞞，他看中那隻雞了！

那隻戰鬥雞能輕而易舉的打倒鼬先生的保鑣，雖然最後輸給了蜜獾，但依然不可否認他擁有強大的戰鬥力。如果他可以和自己合作，豈不是能完美彌補彼此的不足？

到時候，區區一個鼬先生算什麼？搶回樣本有如探囊取物！

小五一邊幻想雞犬合作的美好未來，一邊暗中觀察押送雞的隊伍。

負責押送戰鬥雞的是三隻有著豆子般的眼睛、外形酷似鼠類的動物。他們擁有深灰色的毛皮，臉上的毛卻是白色的，頭頂上還豎立著兩隻小小的黑色耳朵。小五一眼就認出他們是來自美洲的負鼠。

三隻負鼠扛起戰鬥雞，吵吵鬧鬧的朝倉庫走去。

「老闆出絕招之前也不先提醒一聲，我們站得那麼遠都被臭味波及了！」

「唉！今天回家要全身消毒囉！」

「都怪這隻蠢雞！反正他被綁著，乾脆揍他一頓洩憤好了！」

其中一隻負鼠剛想抬爪，但看到對方蓄勢待發的尖利雞喙和氣勢洶洶的眼神後，又忐忑不安的把爪子縮了回來，改口道：「都怪獾哥！獾哥要是早點出手，我們也不用受這個罪！」

「沒錯！」另外兩隻負鼠連連點頭，偷偷跟著他們的小五也在暗處點起了頭。

這也是小五疑惑的地方，為什麼個性暴躁的蜜獾沒有第一時間出手呢？在機場撞到自己時也是如此，蜜獾居然輕易放過自己，實在不像是蜜獾這種動物的風格。

小五正在思考時，押送雞的隊伍已經抵達了商會的地下停車場。負鼠們將被綁住的戰鬥雞像貨物一樣，扔進了停車場敞開的

倉庫裡，再守在鎖上的倉庫門口，等待保鑣們回來接班。

「吼！」三隻負鼠還沒站穩，停車場入口處突然傳來了可怕的咆哮聲——一隻牛頭㹴齜牙咧嘴、凶神惡煞般的衝了進來。

糟糕，是犬科動物！三隻負鼠頓時嚇得腦袋一片空白，喪失了思考能力。犬科動物曾經是他們最大的天敵，這份恐懼深深烙印在他們的血液中，根本無法抵擋。

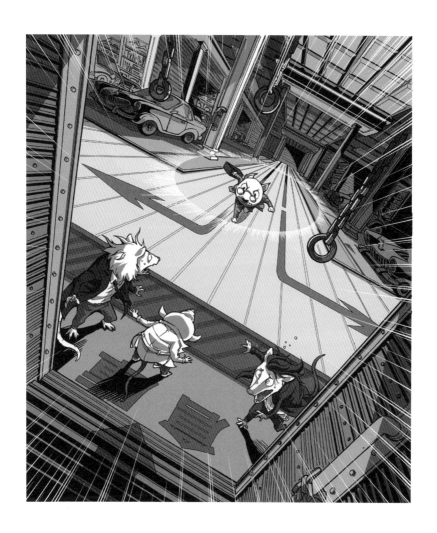

三隻負鼠甚至連呼救都來不及，眼珠一翻，本能的「死」了過去。

　　裝凶成功的小五從自己帶來的工具箱裡取出登山繩，飛快的將他們綁在一起。

　　負鼠[1] 天生怕狗，受到驚嚇就會進入「假死」狀態。這一點，熟悉各種動物知識的小五瞭若指掌。雖然自己沒打過架，但他的四哥是拳擊高手，學四哥的樣子嚇唬一下負鼠還是沒問題的。

　　解決負鼠後，小五捲起袖子，準備解救那隻雞，可是走近一看，才發現倉庫門需要密碼才能開啟。但這點難不倒小五，他有的是辦法開門。

　　砰！砰砰砰！

　　小五正準備行動，門內突然響起一陣猛烈的撞擊聲，把他嚇了一跳。他很快就明白這是裡面的戰鬥雞在嘗試用蠻力突破，但顯而易見的是，受到蠻力撞擊的鐵門紋風不動。

　　這麼厚的鐵門怎麼可能用蠻力撞開呢？這隻雞果然有點傻。

　　小五無奈的敲了敲鐵門，貼著門縫好言提醒：「這扇門必須輸入密碼才能打開。你別急，我正在想辦法救你出來。」

　　戰鬥雞聞言停了下來，疑惑又警惕的問：「你是誰？為什麼要救我？」

　　「我叫做小五，你可能沒聽過這個名字，但是在不久的將來，這個名字將會舉世皆知，因為我是一個集才華和智慧於一身的偵

 犬小五 •••

負鼠的血脈可以追溯到白堊紀晚期，他們躲過了來自北美洲的肉食動物掃蕩後，榮升為有袋類中「不死的族群」。負鼠的天敵非常多，為了維持「不死」的榮譽，他們學會了放棄抵抗、專心裝死的技能，為了強化演技，他們甚至會透過肛門旁邊的腺體，排出一種具有惡臭的黃色液體……嘔，我說不下去了！

探……」

小五的自我介紹還沒說完，就被戰鬥雞激動的打斷了——

「偵探？我討厭偵探！偵探都是騙子！」

他的話讓小五的黑豆眼瞬間瞪大了一倍，臉上也冒出青筋，「不滿」已經不足以形容小五此時的心情。「誰說我是騙子？我騙過你嗎？再說，我是來救你的，剛才在商會門口提醒你注意鼬先生的也是我，結果我話還沒說完，你就認定我是騙子！你是這麼對待恩人的嗎？」

小五一連串的質問讓戰鬥雞陷入了沉默，過了幾秒，裡面才傳來一個不情願的聲音：「好吧！我先收回剛才的話。我叫做普普，因為被偵探騙過很多次，所以很討厭偵探。」

被偵探騙過很多次？小五頓時想到那些鬼鬼祟祟的花栗鼠，再次不以為然的搖搖頭。那些三流的同行什麼時候才可以不拖自己的後腿呢？

「沒關係，我原諒你。」既然這隻雞是受過同行的傷害，小五當然不會和他計較。

互相認識後，接下來就該談論正事了。

「其實我和你一樣，也是來找鼬先生算帳的。」小五用嘴巴緊緊貼著門，確保自己的聲音能讓裡面的雞聽見。「他從我父親的研究所裡竊取了一份非常危險的實驗樣本，如果那份樣本外洩或落入壞人的手裡，將會釀成一場難以想像的災難！你和鼬先生好像也有過節，有句話叫做『敵人的敵人就是朋友』，或許我們可以合作！」

門裡的普普顯然沒有立刻相信小五這番說辭。

依靠犬科動物敏銳的聽覺，小五能清楚聽到對方正在小聲的自言自語：「他說的話是真的嗎？雖然說鼬先生那種奸商做什麼

都不奇怪，可是偵探的話也不能完全相信……」

這隻雞究竟有多不相信偵探啊！

小五無奈的嘆了一口氣，真心誠意的說：「為了表示我的誠意，我會先想辦法幫你打開這扇門。反正你那麼厲害，就算出來後發現我是個騙子，對付我應該也不難吧！」

果然，這句話讓裡面的雞下定了決心。

「好，我同意和你合作。」普普終於點頭了。無論如何，先從這個黑漆漆的倉庫裡逃出去再說。況且，如果對方真的和自己目標一致，那麼達成短期合作，一起對付鼬先生也沒什麼壞處。

「很好，我現在就想辦法把你救出來。」小五滿意的說。

輸入用的鍵盤螢幕上有四個空格，可以猜測倉庫門的密碼是四位數。如果數字可以重複，就有 1 萬種組合，就算是數字不重複的密碼，也有將近 5 千種組合，現在可沒那麼多時間一個個嘗試。

不過，動物的皮膚都會分泌出油脂與汗水，從而留下痕跡，剛才這幾隻負鼠把戰鬥雞關進去的時候，一定也在按鍵上留下了痕跡。如果能找出按鍵上的痕跡，弄清楚密碼是哪四個數字，範圍就會大幅度縮小，最多只要嘗試 24 次就能打開這扇門了。

小五從自己的工具箱裡拿出了採集指紋的工具，只要輕輕的將螢光粉末刷到按鍵上，再用高強度的紫外線手電筒照射，利用油脂對螢光粉末的黏附和吸收作用，任何痕跡都將無所遁形。可是，結果卻令他失望——按鍵上居然沒有任何痕跡！鼬先生商會裡的動物也太小心了吧！開個倉庫門的密碼鎖都要擦掉指紋！

無奈之下，小五的目光只好落在那三隻裝死的負鼠身上。既然他們是商會的工人，一定知道密碼。而且小五很清楚，負鼠在「裝死」的時候，大腦依然在飛速運轉。

別裝死！

快告訴我倉庫門的密碼！

快說！否則我把你們都吃掉！

別吃我們！

提示就藏在鍵盤後面，你自己去找吧！

「中」、「井」、「卅」都有從上到下貫穿字的豎筆劃，分別是逆時針旋轉90度角的「一」、「二」、「三」。而「口」沒有，所以是零。

從「四位置中」可以確定密碼是四位數，並且位於正中間，所以是8520。

中有一，井有二，卅有三，口為零，四位置中。

087

小五輸入正確的密碼後，倉庫的門「喀噠！」一聲打開了。一隻羽毛凌亂、渾身上下都髒兮兮的雞早已掙脫了捆綁自己的繩子，匆匆忙忙的衝出來。當他看到門外的「恩人」後，雞冠立刻豎了起來。

　　「你居然是一隻狗！」普普瞪圓了雙眼。

　　他的話再次引發小五的不滿。「注意你的措辭！什麼叫做『一隻狗』？你應該稱呼我為一位集智慧和才華於一身的『狗偵探』！」

　　聽到小五這麼說，普普的雞冠豎得更高了——偵探，是他最討厭的職業；狗，是他最討厭的動物。

　　和這種討厭加上討厭的對象合作，簡直就是一場災難！

　　雖然這隻狗救了自己，也答應和他一起找鼬先生算帳，不能言而無信，但那些成語是怎麼說的？雞飛狗跳、雞犬不寧、雞鳴狗盜……這些已經能充分說明雞和狗扯上關係不會有什麼好事了。

　　普普的目光不停在小五身上打轉，正左右為難時，無意中的一瞥令他驚訝的瞪大了眼睛。

　　「Fi……ve……？」普普指著小五的衣服，感到不可思議的問：「你叫做什麼名字？廢物？」

　　沒想到這隻狗還被打上了廢物的標籤！難道自己要和一隻廢物偵探狗合作嗎？

　　「什麼廢物？」小五一臉茫然的順著普普的目光往下看，發現他正盯著自己西裝上繡著的風暴家族家徽，以及自己的英文名字。

　　「那是 Five，是『五』的英文！你怎麼會把它念成廢物呢？」小五無奈的糾正普普，心中也暗叫不妙。

看來這隻雞不光傻，還沒什麼學問……

「原來如此。」見自己鬧了個笑話，普普尷尬的轉過頭。

小五卻突然有了興致，轉著圈觀察普普，還伸手捏捏對方的腿和翅膀。

普普立刻跳到一邊，警惕的問：「你要做什麼？」

「果然！」小五十分滿意的說：「我能肯定之前的推測了，你——是一隻鬥雞！」

「你怎麼知道？」被猜中身分的普普訝異極了。

「你的羽毛被剪短了，這樣不容易被對手咬住。」

普普趕緊低頭看看自己的羽毛。

「你的大腿很健壯，顯然受過嚴苛的訓練，可以跳得更高。」

普普半信半疑的蹦了兩下。

「你的爪子會習慣性的張開，這樣可以站得更穩。」

普普朝自己的爪子看了看。

「而且你的頭很小，嘴型尖銳又筆直，看起來還很堅硬，讓你用喙攻擊的時候更有速度和殺傷力。」

普普驚訝的看著小五，雞冠都僵直了 1 秒。

他的反應讓小五得意的搖了搖尾巴，打鐵趁熱的自誇：「我可是一位集智慧和才華於一身的偵探，對我來說，根據特徵判斷對方的身分是一項基本技能。」

「好吧！」普普收起驚訝之情，有些不情願的承認：「你稍微改變了我對偵探的看法。」

「不，我只是比較優秀，你可以繼續討厭我的同行。」小五也很看不起像那些花栗鼠一樣的同行。

偵探也有分種類嗎？普普若有所思的皺緊了眉頭。

下 1 秒，小五再次展現出令普普刮目相看的一面。他信誓旦旦的向普普保證：「我看了你和那隻蜜獾的戰鬥，只要方法得當，你絕對不會輸給他……」

　　然而，小五的話還沒說完，就被普普打斷了。

　　「閉嘴！我不知道『輸』這個字怎麼寫！」普普惱羞成怒的低聲嘶吼：「如果不是他們數量太多，搶先把我綁起來，我一定會打贏那隻蜜獾！」

　　「是、是，你沒輸。」小五連忙順著普普的話安撫他，小心翼翼的拿捏著用詞。「你吃虧在不了解蜜獾擁有光滑且厚韌的毛皮，無論是用爪子或喙攻擊，對他都很難奏效。從這一點來說，他天生就是防禦的高手，硬碰硬對你沒好處。」

　　這段話說得挺有道理，不像在騙自己。普普沉默的思考了 3 秒後，突然看向小五，一臉認真的詢問：「那我該怎麼打倒他？」

　　不知不覺中，他竟然將小五當成能為自己出謀劃策的軍師了。

　　小五也毫不保留的說出自己思考已久的方案：「蜜獾沒有你靈活，腦袋更是他的弱點，你可以伺機朝他的腦袋施加連續不斷的打擊，比攻擊其他地方更有效果，這樣你就能贏了。話說回來，我很好奇你和鼬先生到底有什麼過節？」

　　普普用翅膀托住下巴，陷入了思考中。實不相瞞，雖然嘴上不肯認輸，但他一直對剛剛的事耿耿於懷。作為一隻經驗豐富的鬥雞，他這些年鮮少有敗績，這次失手令他很不甘心。現在聽到小五這麼說，普普不由自主搓了搓翅膀，有些躍躍欲試的想要找蜜獾再比一場。

　　眼前的小五雖然是個偵探，還是隻狗，不過他能彌補自己不擅長動腦的短處，又不會對自己造成威脅，可以將就著合作吧！

　　想到這裡，普普對小五的態度溫和了不少。「那隻鼬曾經讓

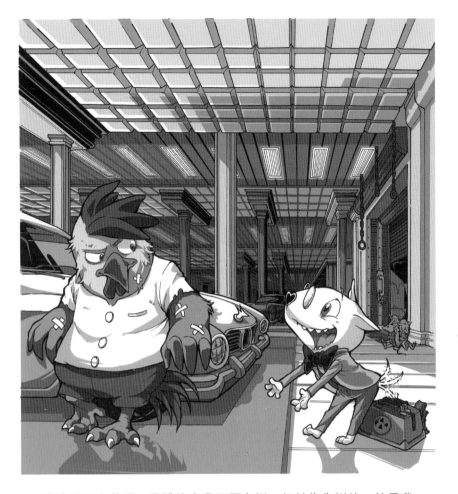

我吃過不少苦頭，具體的事我不願多說。但就像你說的，他是我們共同的敵人，我有很重要的事要找他算帳。」

小五聽了，興奮的打了個響指，信心十足的說：「報仇的機會馬上就來了，我已經知道鼬先生要去哪裡，那隻蜜獾肯定也在。我們搶樣本、揍蜜獾、抓鼬先生，三件事一起搞定！」

普普驚訝的問：「你知道鼬先生要去哪裡？」

小五得意的一笑。「當然！獲取這種資訊，對我這種優秀的

偵探來説，簡直是小菜一碟。」

　　為了證明自己所言並非虛假，小五胸有成竹的向普普説明自己如何根據邀請函上的訊息，推斷出鼬先生接下來要去花城塔附近的餐廳，目的正是去那裡交易偷來的實驗樣本。

　　這隻狗看起來挺專業的，普普對小五的抗拒又少了幾分。要知道，自己可是在這裡餐風露宿了好幾天，才守到鼬先生出現，但小五居然只憑一張紙就弄清楚了對方的下一步。

　　「那我們趕緊出發吧！」普普摩拳擦掌的説。

　　小五充滿儀式感的伸出爪子，遞給普普一個暗示的眼神。「既然是合作，就要有合作的樣子。」

　　普普的雞冠因為嫌棄而垂下，最終還是不情願的伸出了翅膀。

　　就這樣，爪子和翅膀碰在一起──「雞犬不寧」組合正式成立了！

下個目標——花城塔

　　雞犬組合成立後的第一件事，就是將三隻負鼠關進倉庫裡，防止他們通風報信，然後——

　　「去找鼬先生前，我們還有一件事必須解決。」小五臉色凝重的上下打量衣服破破爛爛、羽毛上沾滿灰塵的普普，再吸了吸鼻子，隨即皺起眉頭。「我們的衣服都不能穿了，必須換一套新的！」

　　太糟糕了！

　　無論是自己或普普，身上都散發著一陣陣鼬的臭味。這不但讓有潔癖的小五受不了，恐怕還沒接近鼬先生就會暴露身分，那就是「出師未捷身先死」了。

然而雞的嗅覺沒有狗那麼靈敏，聽到小五的抱怨後，普普只是半信半疑的用鼻子聞了聞，不解的說：「有那麼嚴重嗎？」

　　「非常嚴重！如果不換上乾淨的衣服，我就沒有辦法思考了！」小五的臉上寫滿了嫌棄，不由分說的拖著普普衝進一家高級的服飾店。

　　一走進店裡，小五就像來到自己的主場，熟練的為自己和普普安排了一系列的造型專案，包括洗澡、保養、化妝、換裝等。至於錢嘛⋯⋯不用擔心，小五有一張家族為每個成年孩子準備的信用卡，在風暴家族，理財也是每隻成年犬的必修課。這張卡在工具箱送來的同時，被老管家塞進了小五的口袋裡。

　　對此毫不知情的普普正在一大片華麗服裝的海洋中穿梭，一顆腦袋像上了發條似的，左右轉個不停。

　　這還是他第一次進入服飾店，既然小五讓他換衣服，他也就用挑選的目光審視起周遭的服裝。

　　以前，他只在電視上見過這種訂製的高級服飾，還以為這些如星光般閃耀的衣服上裝飾的是五顏六色的玻璃珠，今天聽了店員介紹才知道居然是天然水晶！

　　這些水晶在光照下璀璨奪目，但幾乎每一顆都只是輕飄飄的縫在布料上。普普看得直搖頭，心想：要是被野豬攻擊，保證一顆都不剩。

　　緊接著，他又看到袖子上纏著繁複蕾絲綁帶的襯衫、可以裝下兩個他的闊腿褲、有墊肩的塑型馬甲⋯⋯真是太浮誇了！

　　普普一邊嫌棄的搖頭，一邊自言自語的給予評論：「袖子太緊，會降低出手的速度。褲子太大，不方便換腳攻擊。肩膀太硬，不能做托舉動作⋯⋯怎麼一件能戰鬥的衣服都沒有？」

　　直到看見一套簡潔俐落的套裝，普普才滿意的點點頭。「這

件還勉強能穿……」然而，他的後半句話卻在看到衣服標籤上的價格後，瞬間吞回了肚子裡——

好多個零！比他口袋裡的硬幣還多！

身為一隻沒見過世面的雞，普普對錢的認知都是靠食物換算來的：一個硬幣可以換一根玉米，三根玉米是自己 1 天份的食物。這件衣服……起碼抵得過自己 3 年份的食物！

普普的翅膀一顫，小心翼翼的將衣服放回去，隨後挺直僵硬的身體，一步步有如慢動作般，離開了這片用金錢打造而成的海洋。

太可怕了！要是一不留神弄掉了幾顆水晶，或者勾斷了一根絲線，他就只能去礦山採礦做苦力來償還債務了！

「普普！」造型區那邊傳來了小五的呼喚。

普普走過去一看，只見三隻打扮精緻的孔雀已經準備就緒，他們拿著形狀奇異的剪刀和梳子，還有幾個不知道有什麼用處的噴霧罐。

「請進。」一隻孔雀笑容滿面的為普普掀開門簾，引導他進入造型區內的小房間。

普普心中立刻升起一股不祥的預感，他警惕的打量這群笑容燦爛的孔雀，又用詢問的眼神看了看小五：這些孔雀想做什麼？

這隻雞應該是頭一回來這種地方，還不習慣吧！小五心領神會，拍拍普普的肩膀，安慰道：「別擔心，只是要幫你做造型而已。」

做造型需要這麼多孔雀一起上陣嗎？普普還是心存疑慮。不過他觀察過這些孔雀，就算他們拿著「武器」一起攻上來，應該也不是自己的對手。

　　「你該不會是害怕了吧？」小五一針見血的問道。

　　「我才不怕！」普普輕哼了一聲，挺起胸膛，故作從容的跟著孔雀走進小房間。

　　只過了短短 1 分鐘，小房間就傳出雞的慘叫聲。

　　怎麼回事？難道這裡有敵人嗎？能讓戰鬥雞叫得這麼慘，莫非是超可怕的敵人？

小五嚇了一跳，連忙掀開門簾衝進去。

一根亂糟糟的雞毛輕飄飄的落在小五的鼻子上。屋裡沒有打鬥場面，也沒有想像中的敵人，只有一隻抱著柱子瑟瑟發抖的落湯雞，正被三隻孔雀造型師圍著打理羽毛。

普普渾身溼透，看上去整隻雞都小了一圈。他張開雙翅，緊緊抱著房間正中央的梁柱，驚恐的看著一隻孔雀打開了一個奇形怪狀的機器，他聲音發抖的問：「這、這又是什麼？」

「蒸汽燙髮機。」那隻孔雀露出一個溫柔的笑容，十分有耐心的解釋：「它會讓您的羽毛保持漂亮的形狀。」

可是普普更害怕了。「啊——不要過來！好燙！」

小五無奈的閉上眼睛，接著默默離開。

只是做造型而已，有必要這麼吵嗎？聽著小房間不時傳來的雞叫聲，小五淡定的躺在外面的藤椅上，一邊進行毛髮護理，一邊思考接下來的行動。

專業造型師的動作極為俐落，不一會兒，小房間的門簾掀開了，一隻精緻亮麗的雞強作鎮定的走了出來。

驚心動魄的造型時間總算結束了，普普心有餘悸的看了一眼依舊笑容滿面的孔雀們。他發誓，自己遇過最強大的對手都沒有這些造型師恐怖！

光是回想被其他動物在羽毛上精雕細琢的感覺，普普就起了一身的雞皮疙瘩。

為了擺脫那種不舒服的感覺，普普本想抖一抖全身的羽毛，但是一想到這些羽毛剛被三隻孔雀一根一根的梳理、修剪、打蠟過，他實在不敢在人家面前把羽毛抖亂。

和普普的反應截然不同，小五對他的新造型非常滿意。他拿

起好幾套自己選中的衣服交給普普，催促道：「挑一套穿上！我們現在就出發，混進那個宴會裡！」

普普動作僵硬的伸出翅膀接過，拎起幾件衣服並正反都看了看，一臉嫌棄的說：「哪有鬥雞穿這種衣服啊？我不要！」

「不行，你必須穿！」小五不容反抗，搶先一步把自己和普普的髒衣服遞給孔雀店員，吩咐道：「這兩套衣服都沾到了鼬的臭味，髒得沒辦法穿，麻煩你們處理掉。」

看到孔雀們紛紛摀住鼻子，身體避開的往後仰，小心翼翼的拿出鉗子接過那兩套髒兮兮的衣服，普普才不好意思把衣服搶回來，只能心不甘情不願的在小五準備的衣服裡挑了一件襯衫和一條吊帶褲，開始試穿。

這套衣服算是裡面最樸素的，不知道值多少錢……看到襯衫上的標籤後，普普頓時僵立在原地，差點石化。用顫抖的翅膀數了數價格上的零後，他的眼珠都快瞪出眼眶了，一件臨時參加宴會用的衣服竟然就要五位數！

普普難以置信的用氣音質問小五：「你為什麼要花這麼多錢買一件毫無用處的衣服？」

小五回答得理直氣壯：「怎麼能說它毫無用處呢？我們接下來要去參加宴會，這套衣服是混進裡面最基本的配備，是破案必須花費的成本，不算多。」

說完，小五又拿起一件西裝外套套在普普的衣服外面，還選了一頂帽子給普普戴上。

這套衣服能買下自己幾年份的食物啊？在小五看來居然還「不算多」！普普的大腦快要不能思考了。這隻狗揮金如土，根本不能用正常的標準衡量他！

見普普面有難色，小五連忙補充：「別擔心，這些衣服都算

在我的帳上。只要能奪回我父親的實驗樣本，我們可以挽回的損
失比這區區幾件衣服大多了！」

聽到這裡，普普終於勉強接受了小五的安排。

花了一番工夫裝扮後，雞犬組合總算在宴會開始前趕到了花
城塔附近。

花城塔坐落在珠江的南岸，緊鄰著橫跨珠江的花城大橋。夜
幕降臨後，花城塔和花城大橋被耀眼的燈光籠罩，和兩岸熠熠生
輝的高樓大廈相互輝映，就像一幅變幻莫測的畫作。臨江的道路
上有不少遊客舉著相機，在涼爽的夜風中欣賞珠江夜景。

不過雞犬組合沒有心情欣賞夜景，他們還有任務在身。之前
小五沒能看到邀請函上的完整地址，但是這依然難不倒小五。

他看似漫不經心的和普普在濱江東路上拍照，很快的，他的
目光就鎖定在一間有著大型露臺的臨江餐廳上。

餐廳招牌上的圖案和邀請函上的花紋一模一樣，而且門口豎
立的迎賓看板上顯示，這裡將於今晚 7 點進行一場私人性質的慈
善晚宴。

別忘了，鼬先生是一個熱衷做慈善的虛偽商人。

就是這裡！小五遞給普普一個確定的眼神。可是當普普想要
邁步的時候，小五卻攔住了他。

「你看那邊。」小五伸手一指，只見餐廳門口站著一隻頂著
兩個大大黑眼圈的浣熊。每當有賓客到來時，他都會進行例行公
事般的伸出爪子，索取邀請函。

小五和普普當然沒有邀請函。

不要緊，普普暗自將翅膀握成拳頭，正打算用武力解決浣熊
時，卻被小五再次阻止了。

「別衝動。」小五的臉上難得露出嚴肅的神情，提醒道：「我們是來找鼬先生奪回樣本的，現在不能太引人注意。」

有道理，普普重重的點點頭，隨即將問題拋了回去：「那你打算怎麼進去？」

「你看那隻**浣熊**'身邊放著什麼？」小五小聲的說。

普普定睛一看，浣熊旁邊放著一盆水，每次接過邀請函前，他都會先洗一次手。

這是什麼毛病啊？

普普不由得心生疑惑，莫非這隻浣熊的潔癖比身邊這傢伙還嚴重嗎？

小五連忙解釋：「據我所知，觸覺是浣熊最重要的感覺。比起視覺，他們辨別物體更依賴自己的觸覺。想讓觸覺發揮作用，就必須讓爪子保持潮溼。」

這就是那隻浣熊不停洗手的原因。

「懂了吧？」小五趁機將計劃告訴普普：「如果那盆水打翻了，浣熊一定會重新盛裝，我們就有機會溜進去了。」說到這裡，他一邊用爪子托著下巴，一邊自言自語：「但是要怎麼做才能打翻那盆水？我們得想想一個完美的計劃……」

「這還不簡單！」普普胸有成竹的看了小五一眼，接著拍拍胸脯。「看我的！」

犬小五 ••

浣熊向來有「惡浣」之名，因為他們膽大妄為，喜歡在夜間活動，會亂翻垃圾桶和進入別人家中偷竊。不過他們的視力很差，只能依靠觸摸來辨別食物。為了保持觸覺靈敏，浣熊需要經常用水洗手，一度被大家誤以為是愛乾淨的動物。所以千萬不要輕易和來歷不明的浣熊交朋友，對方很可能剛「做案」完畢喔！

碰！

……

太粗暴了吧！

這樣也行？

還愣著做什麼？
快走！

101

宴會廳裡的大混戰

　　趁著浣熊離開的空檔，一雞一犬溜進了沒有動物把守的宴會廳。幸運的是，座位沒有按照名字分配，小五和普普作為第一批入內的賓客，可以隨意選擇空位入座。

　　小五飛快的掃視一圈，發現一個絕佳的位置——那裡可以觀察到每個角落，鼬先生一出現，他們就能看到。

　　晚上 7 點整，賓客們陸陸續續抵達。輕鬆愉快的音樂響起，服務生將一盤盤精美的料理端上餐桌。

　　涼爽的夜風徐徐吹來，輕撫坐在大型露臺上用餐的賓客，令大家感到無比舒適和愜意。但不知道為什麼，小五湧起一股奇怪

的感覺。雖然一切都在計劃中，他卻隱約感到不安，彷彿忽略了什麼重要的事。

普普目不轉睛的盯著宴會廳的入口處，希望在赴宴的賓客中找到鼬先生的身影。

「別一直盯著看，會引起懷疑的。」小五小聲的提醒。

這樣也會被懷疑？普普只好不情願的收回了視線。

不能看，那我吃東西總行了吧？普普這麼想著，正要敲碎面前一顆果實並啄食的時候，又被小五阻止了。

「宴會上要注意用餐禮儀。」小五一邊說，一邊拿著刀叉示範。「果實要切成小塊再吃，不然會引起別人的注意。」

上流社會的規矩也太多了！普普不耐煩的拿起刀，剛準備切下，突然再度被小五按住。

又怎麼了？普普憤怒的抬起頭，正要發牢騷，卻見小五朝自己使了個眼色，示意他看向門口。

普普連忙朝門口望去，原來是他們等待已久的鼬先生出現了。

鼬先生還是那身誇張的打扮，穿著黑色皮衣，戴著墨鏡，叼著雪茄，趾高氣揚的走進了宴會廳。然而，令小五和普普始料未及的是，他沒有拿著手提箱！

糟糕！難道實驗樣本已經被交易出去了？

小五一驚，幾乎要坐不住了。但是很快的，他就恢復了冷靜。

現在一切還沒有定論，先繼續觀察再說。想到這裡，小五的目光偷偷跟隨著那個大搖大擺的身影，發現鼬先生是獨自入座的。他坐下後，不停看著手錶上的時間，神情有些不耐煩，似乎在等什麼動物。而且，和他形影不離的蜜獾並沒有出現。

對了，小五突然想起來，樣本需要用低溫保存，所以裝著樣

本的手提箱可能留在車用冰箱裡，而蜜獾正守在那裡。

　　這麼一想，小五又放下心來。

　　看來交易還沒有完成，還有機會把這群傢伙一網打盡！

　　這時，一名保鑣神色慌張的跑進會場，貼在鼬先生耳邊悄悄說了什麼。鼬先生頓時臉色大變，起身就要離開。

　　整個過程被小五和普普盡收眼底，這正中他們的下懷。計劃

的第一步已經實現了，接下來該怎麼把鼬先生留下來呢？

普普將翅膀握成拳頭。「這還不容易，我去嚇唬他！」

「又是這麼簡單粗暴？」小五眼珠一轉，低聲說道：「這樣好了，你就按照你說的去嚇唬他，我則按照原定的計劃行事。」

聽完小五的安排，普普立刻行動。

普普撲搧著翅膀，一腳踏上甜品臺，借力一躍，老鷹撲食般的「砰！」一聲，擋在了想要離開的鼬先生面前。

甜品臺被掀翻了，上面的玻璃器皿劈里啪啦的摔了一地，巨大的聲響立刻引起在場賓客的注意，所有動物的目光都聚集了過來，普普和鼬先生成為整個會場的焦點。

「你不是被關進倉庫了嗎？」鼬先生一眼就認出普普是那隻可怕的戰鬥雞，不由得大驚失色，轉頭就跑，嘴裡還氣沖沖的吩咐：「那群傢伙竟然連一隻雞都看守不住！快叫獾哥過來！」

鼬先生身旁的三個保鑣見狀，連 1 秒都不敢耽誤，一個連滾帶爬的去搬救兵，另外兩個誓死如歸的護在鼬先生的前面，想用肉身擋住普普。

咚！砰！

普普一個乾淨俐落的飛踢，再將翅膀握成拳頭並用力一揮，轉眼就打倒了兩個保鑣。趁鼬先生現在徹底孤立無援之際，普普開始大顯神威了，他張開翅膀，雙腳一蹬，迅速撲向鼬先生。

「救命啊！」鼬先生毫無形象的抱頭鼠竄，但無論他鑽到桌子底下或爬上裝飾花架，普普都緊追不捨，鋒利的雞喙還精準的啄向他。

「哇啊啊！」鼬先生狼狼的用爪子護住腦袋，左閃右躲的逃避普普的攻擊。

賓客們都看得目瞪口呆。在大眾的認知中，俗名黃鼠狼的黃鼬明明是雞的天敵，從來沒見過雞能把黃鼬嚇得四處亂竄！

一雞一鼬你追我趕，上竄下跳，把宴會廳弄得混亂不堪，地上到處都是飛濺的菜餚，飲料也灑了一地。

「老大，你沒事吧？」終於，蜜獾帶著鼬先生的保鑣團全員趕到了。

一看到對方，普普的眼神就閃過一道復仇的寒光，蜜獾的眼中也燃起暴躁的火焰。仇人相見，分外眼紅，雙方頓時大打出手。

這一次，蜜獾和之前一樣仗著自己極具防禦力的毛皮，步步逼近。在他看來，普普只是個微不足道的手下敗將，可是他沒有發現，普普早已不是上次那隻衝動的鬥雞了。

普普不僅沒有先一步發動攻擊，還給了蜜獾一個挑釁的眼神，這成功激怒了個性暴躁的蜜獾，他直接衝向了普普。

身經百戰的普普穩如泰山。他輕晃身體，用一個漂亮的鳳凰甩尾，以毫釐之差避開了蜜獾的攻擊，並且反手對準蜜獾的腦袋就是重重的一拳，砸得蜜獾腳步不穩。

這讓蜜獾更憤怒了，轉身就想撕碎普普，可是結果呢？

反覆發動幾次攻擊後，蜜獾都沒能碰到普普，反而被普普的反擊打得東倒西歪。此刻的普普彷彿燃起體內的鬥士魂，看樣子他已經找到壓制蜜獾的訣竅了。

不愧是身手不凡的鬥雞，一點就通！小五忍不住在心中為普普鼓掌。

蜜獾和普普的戰鬥使現場變得更混亂了，賓客們不敢多待，手忙腳亂的護住腦袋，在飛來飛去的食物間朝外面逃去，甚至顧不上自己精緻名貴的禮服。

躲在桌子底下的小五深知自己的機會到了。在來之前，他就

在附近觀察過，這間餐廳的隔壁就是這片商圈唯一的停車場。既然保鏢團都過來了，現在車子周圍的防護一定相對薄弱，這正是他的調虎離山之計。趁著場面陷入混亂，小五悄悄的從宴會廳後門離開，直奔停車場。

憑藉之前的記憶，小五很快就找到了鼬先生的車，那裡只有一隻長相酷似浣熊的犬科動物——**貉**[1]。他靠在車子旁邊，焦慮的不時望向宴會廳，同時不耐煩的抖動手中的香菸。

只要解決他，小五就能從鼬先生的車中取回失竊的樣本了。

同屬於犬科這個大家族，貉也有犬科動物共同的夜間弱點——畏懼強光，小五當然第一時間就想到了這點。犬科動物的眼睛能輕易捕捉到微弱的光，讓他們在無光的夜晚也能看得非常清楚，可是相反的，要是在毫無防備的情況下遭到強光直射……

毫不知情的貉再次轉頭看向宴會廳。

咦？那邊的空地上怎麼站著一隻……

「我的眼睛！」還沒來得及看清楚突然出現的身影，一束強光就直射過來，猝不及防的貉感到眼睛像被針刺到一樣，痛得直流淚。

他用雙爪緊緊摀住眼睛，一邊慘叫，一邊在地上打滾。然而禍不單行，被他甩飛的香菸恰好落在他毛茸茸的尾巴上，並且成功將它點燃了。

「我的尾巴！」火燒尾巴的滋味可不好受！聞著空氣中越來越濃郁的燒焦味，貉不敢再耽擱，淚流滿面、跌跌撞撞的憑印象

犬小五 ....•

屬於犬科的貉也和其他犬科動物一樣有群居的習性，不過他們不注意個人衛生，雖然會定點排便，但從不清理，糞便會堆積成一座小山。而且這種不愛乾淨的性格，導致他們常用噴尿或排便的方式來反擊和防禦……太可怕了！這種動物我這輩子都不想再遇到了！

朝前方衝去，一頭栽進了流淌的江水中。

而這一切的「罪魁禍首」——小五剛剛只是把身上常備的 LED 手電筒調到強光模式，然後朝貉的眼睛照過去而已。

太慘了！看樣子以後也得防止其他動物這麼對付自己才行。小五在心中默默同情貉 1 秒後，隨即敏捷的鑽進車裡，在後座找到了車用冰箱。打開冰箱的門，裡面躺著一個手提箱，正是鼬先生曾經拿著的那個。

為了確保萬無一失，小五小心翼翼的打開手提箱——一個密封的培養皿正處於嚴密的保護下，靜靜的躺在裡面。小五曾經聽父親和大哥聊過，研究所為了保證科學研究的安全性，每次實驗的樣本都只有一份。眼前這個被鼬先生精心保存的，應該就是失竊的細菌樣本。

一切都在自己的計劃中，鼬先生的交易果然還沒有完成！

這時，外面傳來了由遠而近的警笛聲，小五不僅不意外，反而露出了勝利在望的笑容。

原來，早在確認鼬先生就是小偷的那一刻，小五就已經制定好了抓捕計劃。

他提前打電話將這裡的情況報告給杜賓警長，請他聯繫花城的警察配合行動。進入宴會廳後，又偷偷將準確的時間和地點傳給對方。剛才鼬先生突然臉色大變想要離開，應該就是他們發現有警車正趕來這裡。

小五激動的從車裡探出頭，發現來的正是杜賓警長！沒想到他竟然親自帶著一隊員警從申城趕到了花城。

小五又驚又喜，馬上拿著手提箱迎上前去，尾巴得意的搖成了螺旋槳，主動邀功：「杜賓警長，我找到失竊的細菌樣本了，就在這個手提箱裡，正是鼬先生偷了它！」

　　然而，他剛說完，幾名員警就衝上來抓住他，還拿走了手提箱。

　　杜賓警長表情凝重的看著滿頭霧水的小五，沉痛的宣布：「小五，你被捕了！」

被誣陷的雞犬天團

　　什麼！明明是自己發現了真正的小偷，找回了細菌樣本，為什麼反而是自己被抓捕？小五有如墜入五里霧中，完全摸不著頭緒。

　　杜賓警長向小五逼近一步，眼神銳利的說：「我錯了，比起偵探，你更適合當演員。不得不說，你之前的確成功誤導了我們。不過，你雖然很聰明，演戲也很逼真，但錯就錯在不該嫁禍給鼬先生！」

　　「我嫁禍給鼬先生？」小五簡直不敢相信自己的耳朵。

　　「別裝傻了！」杜賓警長的臉上沒有笑容，語氣也異常嚴厲。「你以為鼬先生早就回到了花城，其實他根本沒有走。在機場接

受我們的詢問後，得知是曾經合作過的研究所出事，他很關心案情的進展，於是取消了行程，一直留在申城配合調查。當我們發現新的線索後，他還主動提供私人飛機帶我們來花城，為的就是早日破解案件。也就是說，直到剛才，鼬先生都和我們在一起，不可能是你口中的小偷！」

鼬先生沒上飛機？還和杜賓警長在一起？怎麼可能！

小五驚呆了，但他還是不死心的說：「可是鼬先生就在這裡，我帶你去看！」

宴會廳已經被警察接管了，但令小五沒想到的是，除了普普和鼬先生的保鑣團，鼬先生和蜜獾都失去了蹤影。

普普居然失手了！

小五立刻看向普普，咬緊牙關小聲的問：「你不是很能打嗎？怎麼讓他們逃走了？」

普普的衣服破了好幾處，身上也受了不少傷。聽到小五這麼問，他頓時瞪大眼睛，氣憤的說：「你還好意思怪我！你怎麼去那麼久？本來我已經打贏了蜜獾，卻發現鼬先生想趁機逃跑。我分身沒術，為了阻止他，被蜜獾抓住機會偷襲，結果就變成這樣了。」

是「分身乏術」吧？小五無奈的看著這隻沒學問的雞，嘆了一口氣——唉！這隻戰鬥雞怎麼專挑關鍵的時候出錯？

小五顧不上懊惱，急忙拉住杜賓警長的袖子懇求：「警長，事情不是這樣的，鼬先生應該還沒有跑遠，只要抓到他們，就什麼都清楚了……」

杜賓警長卻嚴肅的搖搖頭，惋惜的說：「小五，我不會再被你騙了。雖然你父親對偵探的看法的確有不近情理的地方，但你也不能用這種方式來報復他。」

緊接著，杜賓警長講述起他對這起案件的了解。

小五打算在自己的成年禮上宣布想成為一名偵探，但擔心父親雷鳴教授反對這個夢想，於是他事先精心安排了一個計劃。

首先，小五私下串通白兔先生，利用雷鳴教授的鼻子資料（作為兒子很容易就能複製到父親的鼻子），偷走了最近飽受爭議的細菌樣本，接下來假裝以協助辦案的名義，偷偷在通風管道裡偽造了一隻鼬的腳印。因為他提前調查過，知道曾經贊助雷鳴教授研究所專案的慈善商人鼬先生最近要來申城，這樣就可以把這件案子栽贓在鼬先生的身上。可惜百密一疏，他沒想到與鼬先生本人的腳印一比對馬上就露餡了。於是當警方取消對鼬先生的懷疑後，他只好大費周章的趕到花城，繼續嫁禍給鼬先生。要不是鼬先生臨時取消行程，可能小五的詭計就得逞了。

杜賓警長完全誤會了！

小五又急又氣，心有不甘的指著鼬先生的保鑣團。「他們都是鼬先生的保鑣，可以證明鼬先生在這裡出現過！」

杜賓警長卻說：「警方已經調查過了，他們是在這家餐廳工作的保全人員。我們看了監控的影片，分明是你和這隻雞在大鬧宴會廳，他們只是出手維護秩序。」

怎麼事情全都反過來了？

小五咬咬牙，大腦飛速的運轉，試圖做最後的努力。「等一下，晚宴還有很多賓客參加，一定有動物見過鼬先生！他們都可以作證！」

那你説説看，你看到的鼬先生有什麼特徵？

鼬先生穿著黑色皮衣，戴墨鏡，叼雪茄，脖子上還掛著一條金項鍊，和他灰黃色的毛髮相得益彰。

他左邊的鬍鬚更長，是一隻比我高一點的黃鼬。

你連鼬先生是什麼品種都不知道！他不是黃鼬，而是一隻血統純正的白鼬。

不要再説謊了！

什麼！

鼬先生是一隻白鼬？怎麼可能！

小五的腦中飛快的閃過機場、商會門前、宴會廳等一幕幕畫面，這些畫面中的鼬先生都是黃鼬啊！難道……小五突然想到了什麼，張大嘴巴，有如石化般的站在原地。

「你在花城跟蹤了半天的根本不是鼬先生，而是另一隻無辜的黃鼬，他是花城一家運輸公司的老闆，和鼬先生經常有生意往來。今天他去鼬先生的商會拿東西，沒想到被根本不知道鼬先生長相的你當成了鼬先生。你和你的同夥一路跟蹤他，想找機會陷害他，還大鬧慈善晚宴，給對方帶來了很大的麻煩！」杜賓警長見小五遲遲不開口，恨鐵不成鋼般的嚴厲訓斥：「你還要繼續演戲嗎？」

「等等，那隻黃鼬一點都不無辜，我親眼看到他和蜜獾在一起，他還拿著給鼬先生的邀請函，上面的暗號……」小五的話還沒說完，就被杜賓警長打斷了。

「別再狡辯了！我早就託花城的同事調查過，這隻黃鼬一直安分守己，最近根本沒有離開花城，更沒有去過申城，你不要再誣陷他了！」杜賓警長不願再聽小五辯解，揮手招來兩名員警，吩咐道：「我要盡快把樣本帶回去。把這隻狗和這隻雞關起來，讓他們好好反省一下！」

小五和普普被關進了拘留所，意味著在法院判決前，他們都將待在這裡，失去了自由。

拘留所牆上的油漆脫落了不少，空氣中彌漫著霉味，地上也布滿一層灰塵，小五一走進去就潔癖發作了。他小心翼翼的挪動腳步，剛想在鋪著乾淨粗布的石凳上坐下，就覺得身子一歪，彷彿有一雙無形的手把他扯了回去。

砰砰砰砰──

原來杜賓警長一走，普普就拼命的撞起拘留所的鐵欄杆，可是他的腳和小五的腳銬在一起，他一撞門，小五就像被纏住的氣球一樣，不由自主的晃動起來，衣褲也沾上了灰塵。

幾次下來，小五再也受不了了，頭昏眼花的阻止普普：「別撞了，撞不開的。而且你把我弄得渾身都是灰塵，我快沒辦法思

考了！」

　　都什麼時候了，這隻狗居然還為了一丁點的灰塵計較！普普在心裡不以為然的想著，氣呼呼的一屁股坐在地上，又不甘心的嘗試扯斷連接兩隻動物的腳銬。

　　小五拼命拍掉身上的灰塵，低頭一看就認出這是大哥為了警察發明的仿蛛絲腳銬──是模仿蜘蛛絲的結構製成，因此非常牢固，沒想到剛開始使用就用到了自己身上。

　　這個腳銬有多難打開，小五心裡當然有數。於是他無奈的垂下耳朵，再度勸阻普普：「別扯了，扯不斷的。」

　　有氣無處發的普普乾脆不停用喙啄著小五的腦袋，憤怒的抱怨：「都怪你！你的英文名字叫做『廢物』，真是一點都沒錯！連我這隻與案情無關的雞也被關進來了，果然雞和狗在一起就沒有好事，我不應該相信狗，不應該相信偵探，更不應該相信你！」

　　這一次小五沒有反駁，他直接忽略普普的怨言，重整思緒開始思考：事情怎麼會變成這樣？我究竟是哪一步走錯了？

　　根據杜賓警長所說，自己跟蹤已久的黃鼬根本不是真正的鼬先生。

　　可是這隻黃鼬確實是根據邀請函的指示來到晚宴並準備交易，也確實是和鼬先生的保鑣──蜜獾一起行動的。警察只要查看宴會廳的監視器影片，就一定能發現可疑的蜜獾。

　　想到這裡，小五突然意識到一件令他絕望的事：警察在機場盤查鼬先生的時候，蜜獾恰好不在現場，所以他們根本不知道那隻蜜獾是鼬先生的保鑣，因此就算蜜獾出現在黃鼬身邊，警察也不會懷疑。

　　怪不得杜賓警長完全不相信自己的話！

　　「普普，你先回答我一個問題。」小五表情嚴肅的問：「你

想找的鼬先生究竟是黃鼬還是白鼬？」

本來還在生氣的普普就像按了暫停鍵一樣，被問倒了。

「我……其實我也不知道。」他尷尬的撓了撓腦袋。「我只知道他是一隻鼬，在花城經營一家很大的商會，我花了很長的時間才查出商會的地址，就跑去那裡守著了。」

這麼說來，普普也沒有親眼見過鼬先生啊！

小五托著下巴，重新整理了一遍案件——

首先可以確定的是，鼬先生不可能同時出現在花城和申城，也不可能瞬間往返，這違反常理。

小五很確定自己在申城機場看到的鼬先生是黃鼬，可是杜賓警長卻說鼬先生是白鼬。

如果這兩件事都正確，代表這個案件裡有兩位「鼬先生」：一隻白鼬，一隻黃鼬；一隻真，一隻假。

現在是夏天，夏天的**白鼬**¹毛髮不是白色的，而是灰黃色，看上去和黃鼬很像，到了冬天，他們的毛髮才會蛻變為白色來融入雪地。所以這兩位「鼬先生」現在的外表很像，就算有動物看到真正的鼬先生，也就是白鼬，也會誤以為他是黃鼬。

換句話說，鼬先生幫自己找了一隻黃鼬當替身！

有了替身，很多事就能解釋了——

犬小五

白鼬對環境的適應能力極強，捕食本領也很高，動作敏捷靈活，捕獵時會用舞蹈般奇妙的動作靠近目標，再迅速出手。值得一提的是白鼬會「變裝」，冬天時毛皮雪白，夏天則變得灰黃，容易讓周圍的人感到困惑。

一位鼬先生留在旅館製造不在場證明，另一位鼬先生去研究所竊取細菌樣本，事後一個上飛機去花城，另一個留在申城。在機場被警察攔下來的鼬先生應該是真的，也就是白鼬。偷樣本的則是黃鼬，所以通風管道裡的腳印才和真正的鼬先生不吻合，進而被警方誤以為是有動物製造了一個鼬的假腳印。同時，警察的行動讓真正的鼬先生有了顧忌，於是臨時決定留在申城，而讓他的替身黃鼬前往花城。

因此，小五在機場及花城看到的鼬先生是替身，真正的鼬先生應該在送走警察後就迅速離開了。

可是警察那麼謹慎，還查過資料，證明替身鼬先生沒有離開花城，更沒有去過申城，但小五確信自己在申城機場看到的是黃鼬。這就說明，黃鼬一定是用了某種伎倆，所以往返時都沒有留下記錄。

想到這裡，小五懊惱的摀住臉，他竟然和一個假的鼬先生糾纏了半天！

怪不得這隻黃鼬毫無商業菁英的氣質，原來他根本就不是鼬先生本尊！

還有，自己在機場跟蹤的時候可能早就暴露身分了，所以真正的鼬先生才會選擇留下，讓這隻黃鼬將計就計，設置了圈套，將自己引誘到車裡，最後被警察抓住。最重要的是，如果所有事態發展都在鼬先生的計劃內，那麼剛剛搶到的手提箱有 99% 的可能性是假的！

「這下麻煩了！」小五跳了起來，腦中繼續思考——假樣本被杜賓警長帶回了申城，真樣本一定還在黃鼬的手上。如果不趕快把真樣本找回來，事情就真的無法挽回了！

　　可是真樣本到底在哪裡？一個個地點和一條條線索像星辰一樣浮現在小五的腦海中，裡面一定有被他忽略的正確答案。

　　小五絞盡腦汁了好一會兒，突然轉頭看向普普，神情非常凝重的說：「普普，我有一件很重要的事需要你協助。」

　　見他如此慎重，普普暫時放下心中的不滿，疑惑的問：「什麼事？」

　　小五目光炯炯有神的說：「陪我演戲！」

浮出水面的真相

　　都什麼時候了，這隻狗不想著怎麼逃出拘留所，還要自己陪他演戲！

　　普普愣了1秒，然後用喙猛啄小五的腦袋。

　　「好痛！」小五一邊抱頭躲避，一邊恨鐵不成鋼的説：「你想不想洗刷冤屈？想不想找那個害了我們的奸商算帳？不查出真相，我們怎麼做到這兩件事？不演戲，我們要怎麼查出真相？」

　　在小五一連串的質問下，普普總算停了下來。他疑惑的看著小五，陷入了思考：這隻狗是認真的嗎？看他的表情不像在撒謊，可是為什麼一定要演戲才能查出真相？

普普難以理解，但很快他就放下了——反正這隻狗本來就不正常，正常的狗不會花五位數的錢買衣服，不會取名叫「廢物」，也不會連一點點灰塵都忍受不了……不能用正常的方式判斷他的所作所為，不理解他是應該的，否則豈不是代表自己也不正常？

1分鐘後，普普終於勉為其難的抬起頭，還算友善的問：「我要演誰？」

「你就演你自己。現在，我是鼬先生。」眼看說服了普普，小五就興致勃勃的進入角色，一邊賣力演出，一邊不忘解說：「這個手提箱裝的是假樣本，我把它放進車用冰箱裡，正準備離開時，突然有一隻鄉下土雞擋在車子前面。」

鄉下土雞……普普的嘴角抽動了兩下，壓抑自己想要啄小五的衝動，不情不願的站起來，毫無情感波動的念臺詞：「我找鼬先生，讓他下車。」

「你想都別想！」小五搖身一變又成了司機，聲情並茂的嘲笑：「鼬先生是你想見就能見的嗎？快讓開！」

普普敷衍的在原地蹦了幾下，模擬自己在車頂跳躍的動作。

「唉唷！」小五跌跌撞撞的從車子裡鑽出來，對著空氣揮爪，指揮保鑣們將雞拿下。

接下來就是普普以一擊十的帥氣時刻了！

普普振作精神，翅膀握拳，正準備大展身手……

「接下來這段沒什麼意義，我們跳過。」小五殘忍的砍掉了普普的戲分，簡述道：「這隻戰鬥雞實力非凡，兩三下就打倒了鼬先生的一群保鑣。不過，他別高興得太早，因為鼬先生的保鑣首領——蜜獾還沒有出手！」

普普一口氣憋在胸口，雞冠都氣歪了。

「沒想到在這個關鍵時刻，先站出來的不是蜜獾，而是鼬先

生。」小五瀟灑的做了一個掀大衣的動作。「鼬先生想用臭氣解決這隻戰鬥雞，一旦中招，雞將徹底失去意識。千鈞一髮之際，一隻觀戰多時、聰明絕頂的牛頭狋及時提醒了這隻雞。」

普普瞪著小五，抓住機會開口：「我知道怎麼對付這招，所以提醒沒什麼意義，可以跳過。」

「呃……好吧！總之，鼬先生的絕招沒有弄暈這隻雞。」小五模擬鼬先生驚慌失措的樣子，抱頭縮成一團。「最後關頭，蜜獾終於出手了！他先聲奪人，只用一招就……」

普普趕緊出聲：「好了，這幕到此為止。」

一齣好戲就此結束。

看到小五低著頭，一言不發的坐回地上，普普感到更暴躁了。難道演了半天，完全沒找到線索嗎？這隻狗剛才拉著自己演戲，該不會是在戲弄自己吧？

「哼哼！」小五忽然雙爪抱胸，緩緩抬起的臉上露出信心滿滿的微笑。「感謝配合，我已經知道真樣本藏在什麼地方了。」

什麼！普普驚訝的看著小五。

小五用手指敲敲自己的腦袋，自信十足的說：「這種危險又重要的東西，放在自己身上太容易暴露，但也不能離自己太遠，一定要放在一個既安全又方便交易的地方。」

聽起來很有道理，但哪裡是「既安全又方便交易的地方」？看著普普困惑的樣子，小五終於打了個響指，斬釘截鐵的公布答案：「蜜獾！」

對了，普普恍然大悟——在自己大戰保鑣團的時候，蜜獾一直躲在後方沒有出手，甚至連假扮鼬先生的黃鼬都在保護他，或許正是因為蜜獾帶著寶貴的東西，所以不方便出手。

同時，小五也想起之前一個細節：警方在機場盤查鼬先生的

時候，蜜獾卻遠遠的躲在一旁，這一定是有很重要的原因，說不定正是因為他身上帶著贓物。

黃鼬大搖大擺的拿著手提箱，是為了模糊焦點，製造假象。戰鬥力強大的蜜獾不會輕易被打倒，以保鑣的身分跟在鼬先生身邊也不會引起懷疑，誰能想到裝著真樣本的手提箱其實藏在他身上呢？這正是他們設下的偷梁換柱之計。

慈善晚宴想必也是鼬先生計劃的一環，最初的交易也許確實

要在這裡進行，但小五不慎暴露身分後，有所防備的鼬先生一行人便中斷交易，將計就計的打造了一個陷阱。

而真正的鼬先生一直待在杜賓警長身邊，所以很容易利用自己的行動誤導他。

「我已經全都弄清楚了！現在我們必須趕緊追回真樣本，洗清嫌疑！」小五鄭重的宣布。

普普卻拍了拍將他們銬在一起的腳銬，又拍了拍堅固的欄杆，毫不留情的潑冷水：「可是我們根本出不去。」

「不！」小五上下打量了普普一番，胸有成竹的說：「我有辦法可以逃出這裡。」

在普普驚愕的目光下，小五扒下了普普身上那件破爛的外套，抓住一邊的袖子並將衣服從欄杆縫隙中丟出去，漂亮的布料落入旁邊的髒水池中，很快就失去了原本的顏色。

普普目瞪口呆的看著這一幕。「你在做什麼？」

小五一臉得意的解釋：「當然是製造越獄的工具！你以為我為什麼要去那家店為你挑選衣服？因為他們家的衣服材質在沾水後會變得無比強韌，我一眼就看中了！」

普普張大了嘴巴，這件衣服的價格相當於自己幾年份的食物啊！他喃喃自語：「可是這件衣服值五位數！」

小五卻不以為意的說：「這件衣服幫我們混進宴會，現在又能作為越獄的工具，已經充分發揮了它的價值。」

普普感覺自己的價值觀又受到了衝擊。

等衣服吸飽水後，小五一臉嫌棄的讓普普用翅膀勾著袖子，重新把衣服拉回來，溼淋淋的衣服已經變得又髒又重。

普普疑惑的看著髒衣服。「現在要怎麼做？」

「你用這件衣服包住兩根臨近的欄杆，用力拉緊，我們就能從中間的空隙逃出去了。」小五自覺礙事的讓到一邊，把空間留給普普大展身手。

普普半信半疑的抓起溼衣服，按照小五說的方式纏住欄杆並用力拉緊。

果然，鐵欄杆以肉眼可見的速度緩慢扭曲，兩根欄杆的中間出現一個空隙，而且越來越大。很快的，一雞一犬就艱難的從空隙中擠了出去。

然而，普普還來不及高興，就想起他們的腳還銬在一起。以這樣的狀態，他們恐怕連拘留所都逃不出去，更別提去抓鼬先生了。

「這個我也有辦法。」小五彷彿看出了普普的心思，冷靜的用手勾住普普的翅膀，面帶鼓勵的伸爪一揮。「考驗我們默契的時候到了！聽我的指揮，我左腳，你右腳，出發！一二、一二……你的步伐邁小一點！一二、一二……」

伴隨著小五富有節奏的口令聲，一雞一犬保持著雞犬三足的狀態，終於逃離了拘留所。

不過，雖然逃了出來，但他們很快就會被警察發現。時間寶貴，下一步的安排非常重要！

在找到鼬先生之前，還要解決一件迫在眉睫的事——揪出隱藏在這起案件中的間諜！

剛接觸到這起案件的時候，小五就懷疑有間諜。現在看來，這個間諜不但幫助鼬先生他們偷出細菌樣本，還偷偷通風報信，將警察的行動洩露給鼬先生知道，才能讓他們十分順利的嫁禍給自己。

小五帶著普普找到了一個公用電話亭。在動物世界，這種有

特色的古樸電話亭遍布於每一個城市。

　　一拿起話筒，小五就朝普普伸出爪子。「給我幾枚硬幣，這是投幣電話。」

　　普普難以置信的瞪著小五。「你連打電話的錢都沒有嗎？」

　　這隻狗剛把一件價值五位數的衣服當成垃圾扔掉了，怎麼可

能連幾個硬幣都掏不出來！

「呃……」面對普普的質疑，小五無奈的說：「我的手機和信用卡都被杜賓警長收走了，我又沒有帶現金的習慣……」

出門居然不帶現金？有錢人的世界真是讓雞搞不懂。普普一陣暈眩，很不情願的從口袋深處掏出幾枚硬幣。這可是他明天的餐費，如果小五不還，他就只能餓肚子了。

但是為了擺脫目前的困境，普普還是咬著牙遞了過去。

小五剛準備接過來，普普又突然收回翅膀，接著用審視的目光盯著小五。「你會還我吧？」

都什麼時候了，這隻雞還拖拖拉拉的！

「當然！」小五不耐煩的從普普手中搶過那幾枚硬幣，全部塞進公用電話裡，隨後飛快撥了一個號碼。

「喂，大哥嗎？我是小五，時間有限，我直接說正事。」小五將自己的遭遇大致說了一遍，隨後嚴肅的說：「我懷疑整起案件及後續調查的過程中，都有一個間諜隱藏在我們當中，偷偷幫助鼬先生誤導杜賓警長。我現在要把他揪出來，大哥你得幫我這個忙。」

緊接著，小五問了大哥兩個問題，他認為能同時滿足這兩個條件的動物很有可能就是間諜。

1. 研究所裡有沒有誰單獨離開去打過電話？這個舉動很有可能是去通風報信。

2. 有沒有誰主動去找過杜賓警長，並和他獨處？

在小五打電話的期間，普普忍不住湊了上去，好奇的想知道

間諜究竟是誰。

他剛湊近，就聽到一個憤怒的聲音穿透了老式聽筒：「你惹了這麼多麻煩，還好意思打電話給我？我才不會幫你呢！自己去找父親認錯吧！」

「喀噠！」一聲，聽筒裡只剩下一連串的嘟嘟音。

普普抬起頭，難以置信的看著小五。「你拿了我這麼多硬幣，就是為了被掛斷電話嗎？」

這隻狗真是太不可靠了！

沒想到小五卻不以為意的把聽筒放回去，朝普普露出高深莫測的笑容。「別急。」

又過了一會兒，他看著手錶說：「從現在開始，你可以和我一起倒數，十、九、八、七……三、二、一！」

「鈴——」數到「一」的同時，老式的電話鈴聲準時響了起來。

在普普驚訝的注視下，小五自信的接起電話：「是我，查到什麼了嗎？大哥。」

是小五的大哥打來的？可是他剛剛不是說不會幫忙嗎？結果才過了幾分鐘，他就把小五交代的事情都辦好了？

不愧是這隻愛演狗的哥哥，真是物以類聚，狗以群分！普普不以為然的搖頭。

聽筒裡傳來大哥絮絮叨叨的聲音：「我告訴你，小五，我這次不是幫你，是不能眼睜睜看著你毀了風暴家族的名譽……」

「我知道了，你快說吧！」小五連忙催促。

大哥很快將自己搜集到的情報告訴小五。

很多動物都離開過，但都有自己的理由。花貓教授為了研究所的事去打電話，現在不知去向了。

獼猴先生為了和家人報平安也離開過。

至於和杜賓警長獨處過的動物，除了父親就沒有了。

研究所裡沒有動物能同時滿足這兩個條件！難道我又弄錯方向了？

別動，讓我看看你翅膀上的痕跡。

不對，有一個動物不需要私下找杜賓警長，也能成功誤導他。

12

雞犬天團的絕地大反擊

　　夜已經深了，漆黑的夜幕下，是一座尚未入睡的璀璨都市。五光十色的華燈相互照映，使夜晚的花城街道依然亮如白晝。

　　看到普普翅膀上的痕跡後，小五隨即發現有隻動物一開始就在說謊，立刻思考新的計劃。在一陣糾纏不休後，大哥總算又答應去辦妥小五交代的事。

　　小五剛要滿意的掛上電話，突然看到普普渴望的眼神，於是想起一件很重要的事。「大哥，你研發的仿蛛絲腳銬，有辦法撬開嗎？」

　　沒想到這句話又惹大哥生氣了，聽筒那邊傳來一陣低聲的咆哮：「我研發的東西怎麼可能輕易讓你撬開！」

下1秒，電話再次被掛斷，小五只好無奈的放棄撬開腳銬的念頭。不過沒關係，最重要的是，已經弄清楚間諜的身分了，如果間諜敢再輕舉妄動，還有大哥盯著他呢！

小五深吸一口氣，重新打起精神。之前是自己太天真了，以為偵探只要推理就夠了，現在看來是大錯特錯，偵探要做的事絕對不只推理，還要和犯人鬥智鬥勇！

「我不會再中計了！」小五望著花城美麗璀璨的夜景，暗自發誓：我——風暴家族的小五，要展開絕地反擊了！

反擊的第一步，是帶著普普重回濱江東路那家餐廳。

此時宴會廳已經人去樓空，只有之前檢查邀請函的浣熊在收拾殘局。他的面前擺著好幾個滿滿的大水盆，裡面泡著剛才混戰中被弄髒的桌巾和窗簾。

浣熊蹲在地上，一邊刷洗，一邊喃喃自語：「太過分了！明明說好只當守衛，現在連清潔也要我做，是欺負我看不慣東西放著不洗嗎？」

雖然嘴上抱怨個不停，但他刷洗東西的速度卻很快。

浣熊堵在這裡洗東西，小五他們無法輕易潛入餐廳，怎麼辦？普普朝小五拋去一個詢問的眼神。

小五飛快的權衡完利弊，靠近普普的耳朵悄聲道：「時間緊迫，得讓這隻浣熊和我們合作！」

「怎麼可能！」普普皺起眉頭，一臉鄙夷的說：「他們可是『惡浣』，怎麼可能乖乖和我們合作？」

這時，浣熊已經注意到他們，隨即暴跳如雷的站直身體，破口大罵：「你們兩個大鬧晚宴的罪魁禍首，還敢出現在我面前！要不是我現在已經洗心革面不當惡浣了，只需要兩口，就能把你們的頭咬下來！」

別激動，我們不是來鬧事，是來請你幫忙的。

幫忙？不可能！我現在就讓你們消失！

像你們這種壞蛋，就該被關到警察局裡！

等等，我們有個東西想讓你看。

一枚硬幣？

錯！

喀！ 喀！

正確答案是一枚被
切成兩半的硬幣。

這麼硬的硬幣,那
隻雞居然輕輕鬆鬆
就咬斷了!我的骨
頭應該不會比硬幣
更堅硬……

話說回來,這兩個危
險人物不是被警察抓
走了嗎?怎麼會出現
在這裡?難道是……
越獄!

想到這裡，浣熊立刻擠出了無可挑剔的微笑，彷彿剛才什麼都沒發生一樣，客客氣氣的說：「咳咳！大家有事好商量，何必大動干戈呢？你們希望我幫什麼忙？先說好，我不當惡浣好多年，違法亂紀的事我可不做。」

普普只用一枚硬幣就收服了令小型動物都頭痛的「惡浣」，小五不由得欽佩的朝他豎起大拇指。看來對付某些吃硬不吃軟的動物時，果然得讓普普出馬。

只要浣熊願意合作，接下來的事就好辦多了。

「放心，我們讓你幫的忙很簡單。」小五抬了抬下巴，朝宴會廳的方向看去。「這間餐廳有監控設備吧？帶我們去看看，我要從中找到某些人的犯罪記錄。」

面對這個要求，浣熊轉了轉眼珠，痛快的答應了：「沒問題，跟我來。」

三隻動物進入餐廳的監控室。

浣熊先探頭探腦，確定裡面沒有其他動物後，才彎腰坐到監控設備前方，二話不說就調出影片，並且按照小五的吩咐，將時間調到普普鬧事後。

螢幕上出現了宴會廳門口的畫面：普普鬧事後沒多久，一群警察就衝進了宴會廳。看來鼬先生連警察趕到的時間都算好了，他之前假裝驚慌失措，只是在演戲而已。

小五瞇著眼睛看了一會兒，突然伸爪示意。「停！」

浣熊立刻配合的按下暫停鍵。

只見畫面中，一隻身披黑色大衣的鼬和一隻拎著手提箱的蜜獾正好從餐廳後門跑出來。

總算讓他找到了！

　　小五伸著尖尖的爪子吩咐：「從這裡開始，速度放慢一點。」

　　「沒問題。」浣熊抹了一把汗，按照指示認真工作。

　　調慢速度後，畫面更清楚了，螢幕上的鼬先生和蜜獾從後門出來後，立刻坐上一輛車揚長而去。

　　小五連忙用浣熊的手機拍下這段畫面，並且指著畫面裡的手提箱，若有所思的說：「這應該是真正的細菌樣本，接下來，他

們一定是要去完成真正的交易。」

普普的翅膀插腰，站在一旁，滿臉不解的問：「你知道這點又有什麼用？這段監視器的影片是 2 小時前拍到的，現在他們早就離開了。」

「當然有用，你看這裡。」小五指著螢幕的一角，那是鼬先生和蜜獾離開時乘坐的車子。

放大畫面後，螢幕上清楚的顯示出這輛車的車牌號碼。

「知道車牌號碼又有什麼用？」普普還是一臉困惑。「難道你能查到它在哪裡？」

「當然！」小五露出志在必得的笑容，用浣熊乖乖交出來的手機，再次撥通了大哥的號碼。「喂，大哥，又是我……嗯，對，這次有更關鍵的事需要你幫忙。」

小五把車牌號碼念給大哥聽，懇求對方調查這輛車的去向。

「你又在胡鬧了！」大哥氣得聲音都提高了不少。「車牌號碼只有警方才能調查，這種事我怎麼幫你啊！」

「我已經想好了，你就按照我說的話做……」小五連忙摀住手機，小聲的說了幾句話。

他剛說完，對面又傳來一聲穿透力十足的怒吼：「真是胡鬧！我才不會幫你呢！」

電話被掛斷了。

這一次，普普也已經熟悉了這對兄弟的相處方式。他連問都沒問，就和小五一起倒數計時。秒針走了三圈後，浣熊的手機果然響了起來。

小五只聽了幾秒就皺起眉頭。「那輛車現在停在南獅大學？」

南獅大學不就是父親這項研究的合作機構嗎？

小五曾經聽父親提起，他的研究所租用了南獅大學的新式細菌培養研究設備，父親和三位教授都有權限能進入實驗大樓中存放設備的實驗室。

回想起之前鼬先生他們用假樣本騙過了警察，小五突然眼前一亮。

怪不得買家會選擇在南獅大學交易，一定是想用實驗室的設備驗證樣本的真偽。

難道說，買家就是父親的三位合夥人之一？

可是他們現在都不在花城——山羊教授在格桑市的老家，狒狒教授去埃及渡假，花貓教授還在申城。就算坐飛機趕過來，似乎也沒這麼快……

等等，不對！

小五突然想起一個被自己忽略的細節。那三位教授中，有一位在說謊！難道他就是想得到樣本的買家？

「走！」小五將浣熊的手機塞進自己的口袋裡，馬不停蹄的帶著普普衝向下一個目的地。「我們立刻趕去南獅大學！」

南獅大學的歷史悠久，校園中高大的樹木鬱鬱蔥蔥，幾棟古老的建築皆有紅磚綠瓦，靜靜的矗立在青翠的草坪上。小五和普普沿著地圖潛入到實驗大樓的周遭，悄悄躲在一棵粗壯的樹木後方四處窺探。

天色已經徹底暗了下來，校園中只有路燈閃爍著昏暗的燈光。憑藉著優秀的夜視能力，小五很快就發現了他們要找的東西。

「是鼬先生的車！」小五壓低聲音，興奮的指著大樓門口。

「在哪裡？」普普探頭張望，努力的想看清楚，卻只能看到

一片模糊的建築輪廓。

　　對了，雞的夜視能力不好。

　　小五從衣服內袋中掏出一副有夜視功能的隱形眼鏡遞給普普。

　　小五的工具箱在被抓的時候，遭到警察沒收了，但他及時將

一個小袋子藏進衣服的內袋，裡面就裝著父親研究所研製的特殊隱形眼鏡，可以幫助夜視能力不佳的動物在夜間正常看見東西。

果然，普普戴好隱形眼鏡後，立刻發現了鼬先生的車，還注意到實驗大樓的三樓有一扇窗戶透出了燈光。

在昏暗的環境中，那個明亮的房間簡直和黑夜中的螢火蟲一樣顯眼。

大樓附近還有幾隻動物：靠在門邊看守的刺蝟、貼在樹上把風的鼯鼠，還有不斷繞著實驗大樓巡邏的水獺，他們正是鼬先生的保鑣們。

看樣子，鼬先生、神祕買家，還有這起事件最關鍵的物品——實驗樣本，都在三樓那個亮著燈光的房間裡。

仔細觀察後，小五發現整棟實驗大樓的入口只有一個。只要收拾掉那些保鑣，他們就能進去抓犯人了。

克服了夜視能力不佳這個弱點的普普，當即就想跳出去大展身手，小五卻攔住了他。

小五先指著他們的腳銬，然後小聲的說：「別衝動，那幾個保鑣不好對付：刺蝟渾身是刺，非常棘手；水獺看似不強，實際上能輕易收拾鱷魚；還有鼯鼠，這種動物五項全能，什麼都擅長還不容易抓住。現在我們被銬在一起，要是不能速戰速決，等一下打草驚蛇，讓鼬先生他們再次跑掉，那就麻煩了！」

小五分析得合情合理，普普被成功說服了。他收起翅膀，將難題拋給小五：「如果不使用武力，你打算如何突破這些保鑣設下的防護？」

「對付敵人的方法有很多，接下來就看我的吧！」小五露出神祕兮兮的微笑，從衣服內袋掏出一個小袋子，胸有成竹的說。

哼哼！這些動物都能用智取，我們可以逐一擊破，分別送他們一份大禮！

刺蝟針刺間的毛很難清理，還很怕癢，因此非常害怕針刺間混入能讓他們發癢的異物，一旦沾上，他們一定會設法把自己弄乾淨。

刺蝟對各種特殊氣味情有獨鍾，還有將散發特殊氣味的東西塗抹到刺上的習慣。

好癢！

拿出帶有香氣的癢癢粉，刺蝟一定會忍不住將它抹到刺上，他將立刻渾身發癢，一定會去找地方洗澡。

鼯鼠是夜行動物，但他們會被光吸引並開始發呆。

雖然鼯鼠會爬樹和滑翔，但他們從樹上跳下並滑翔的過程其實非常困難。為了滑翔，他們演化出特殊的頭頸結構，但這種結構導致他們很難轉頭。

咦？

猜猜誰在你後面？

很難轉頭！

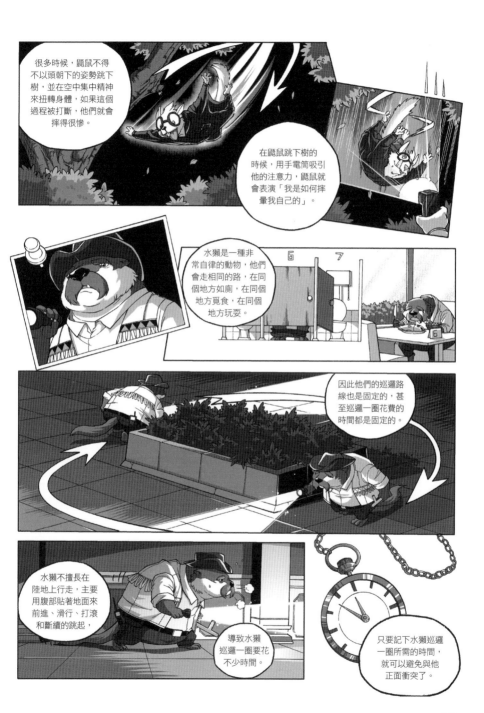

141

用手電筒照射鼯鼠，導致他摔下來並暈倒。

在鼯鼠跳下樹的時候，

壓軸出場的野心家

　　小五的計劃進行得很順利，一雞一犬幾乎不費吹灰之力就成功收拾了所有保鑣，毫髮無損的潛入了實驗大樓。

　　實驗大樓入口處也有一道和雷鳴教授的研究所一樣的閘門，是用來保證機密不會外流的防護措施，幸運的是，這道閘門已經被打開了，裡面也沒有保鑣看守。

　　看來將犯罪嫌疑嫁禍到自己頭上後，鼬先生和買家稍微放鬆了警戒。

　　哼！他們之後一定會為這一時的鬆懈後悔莫及的！這次要一雪前恥，恢復自己身為偵探的名譽！小五握緊了拳頭。

還有，該被誇獎的還是要被誇獎，於是小五轉過頭，輕咳了兩聲，向普普彰顯自己的作用。「你現在知道有一個聰明的大腦有多重要了吧！」

普普卻不屑一顧的撇嘴。「要不是和你銬在一起，這些保鑣我只要兩翅膀就全部解決了。」

小五哼了一聲，不服氣的抬起下巴。「要不是有我的夜視隱形眼鏡，你連敵人在哪裡都不知道！」

一雞一犬一邊小聲鬥嘴，一邊朝實驗大樓的內部走去。

這是一棟現代化的實驗大樓，進門後不遠的地方，就是直通各個樓層的電梯。

普普剛想按電梯，卻被小五抬手制止了。小五謹慎的提醒：「在不知道這裡的電梯到達樓層時會不會發出音效的情況下，小心為上，我們走樓梯吧！」

普普一聲不吭，心裡卻想著：雖然這隻狗不太正常——不只揮金如土，還有潔癖，又喜歡演戲，不過他真的很謹慎，難怪能從經歷過的那麼多事件中找出線索。看來偵探也不完全是騙人的傢伙……

借著樓梯間的微弱燈光，已經習慣雞犬三足的雞犬組合默契十足，幾乎沒有發出任何聲音，順利抵達了三樓。這裡充斥著各種藥劑的氣味，走廊盡頭就是那個亮著明亮燈光的實驗室。

小五和普普交換了一個互相鼓勵的眼神，輕輕的點點頭。

終於要面對最後的敵人了！他們和門口那群保鑣可不一樣，有身手不凡的蜜獾、詭計多端的鼬先生，還有藏身暗處但不容小覷的幕後買家。

雖然之前在他們手上吃了兩次虧，但記取教訓的雞犬組合下定決心，這次一定要戰勝對方！

普普正摩拳擦掌、躍躍欲試的時候，小五一句話澆滅了他的戰鬥熱情。「待會千萬不要輕舉妄動，等我發出指示才可以進行下一步。」

「為什麼？」普普難以置信的瞪大雙眼。

「這還用問嗎？」小五不甘示弱的瞪回去，然後壓低聲音，連珠炮般的反問：「在我拖你後腿的情況下，你能打贏蜜獾嗎？你能保證把他們一網打盡嗎？你想再吃一次虧嗎？不想就聽我的，見機行事！」

無言以對的普普只好壓抑心中的不滿，再次收起翅膀，乖巧的跟在小五身邊。

一雞一狗就像執行機密任務的特務般，躡手躡腳的接近走廊盡頭亮著燈的實驗室。

實驗室的門虛掩著，裡面的燈光透過門縫，在漆黑的走廊上留下一條明亮的細線。

他們小心翼翼的貼著門縫往裡面看——三隻動物正圍著實驗臺，上面有兩個手提箱，其中一個被打開了。除了黃鼬和蜜獾，還有一隻背對著門的動物正在實驗臺上測試著什麼。這隻動物全身都藏在一件巨大的斗篷裡，還用帽子遮住頭部，根本看不出是什麼動物。

「教授，都驗證幾小時了，你還不能確定這就是你要的樣本嗎？我們商會很講究信譽，絕對不會騙你。」黃鼬滿臉真摯的問道。儘管他將自己的語氣掩飾得很好，但身後揮來揮去的尾巴暴露了他的不耐煩。

這麼一聽，小五立刻明白了，看來是杜賓警長破獲案件的消息對這位買家造成了影響，他懷疑真樣本已經落入警方手中，所以此時想要親自驗證到手樣本的真偽，才選擇南獅大學的實驗室

作為新的交易地點。但是驗證樣本的過程耽誤了不少時間,恰好
給了小五追蹤過來的機會。

　　失竊的真樣本還在,自己和普普來得正是時候!

　　小五迅速打開浣熊那支已經調成靜音模式的手機,對準三隻
動物開始拍攝。

　　終於,一直背對大家的動物滿意的點點頭,看來樣本的驗證

終於結束了。

「很好，這是真的樣本沒錯。」那隻動物將放在自己身邊的另一個手提箱遞給黃鼬。「我要立刻趕去機場，這是我們事先說好的報酬……」

糟糕！交易完成，雙方要離開這裡了！

不能讓他們一走了之！

小五迅速在手機上按下幾個鍵，接著在普普錯愕的目光下，「砰！」的一聲撞開了實驗室的門。

「唉唷！」一雞一犬毫無默契，左腳踩右腳，你推我擠的一起摔進了實驗室裡。

「你搞什麼！」普普被小五連累，親吻了實驗室冰涼的地板，讓他瞬間崩潰的大吼。

這是什麼情況？自己一直乖乖按照小五的吩咐，沒有輕舉妄動，也沒有發出一丁點的聲音，沒想到關鍵時刻，這隻狗卻像是忘記自己說過什麼話似的，一反常態出了差錯！

普普使勁翻了個身，一抬頭，就發現實驗室內的三個犯人正默默的看著他們。

空氣中彌漫著一股令雞尷尬的氣氛。

不過這個僵局沒有維持多久，就被一聲粗暴的怒吼打破。

「你們竟敢跑到這裡來！」蜜獾一眼就認出這對摔成一團的不速之客，正是之前頻頻礙事的雞犬組合，他立刻把拳頭握得喀喀作響，二話不說就衝了上去。

明亮的實驗室內忽然劃過一道灰黑色的閃電，眨眼間，渴望一雪前恥的蜜獾已經衝到了普普面前。

普普也顧不上埋怨小五了，迅速擺出架勢進入戰鬥狀態。

上次在宴會廳是吃虧在分身乏術，但是現在小五在，他只要專心對付蜜獾就可以了。而且經過上次的較量，他已經掌握了對付蜜獾的祕訣，所以這次一定要贏！

電光石火間，蜜獾的拳風襲來，普普伸出雞翅成功擋下，順勢側身，準備來一記行雲流水的迴旋踢！結果雞爪抬到一半，被什麼東西拉住了……糟糕，腳銬比他想像的短，迴旋踢宣告失敗！

「唰！」的一聲，蜜獾已經把握時機，一腳踹了過來！

普普緊急調整戰略，狼狼的在地上滾了半圈，好不容易才躲過蜜獾的飛踢。

「小五，快起來！」普普拉了拉腳銬。

「等一下，我們有話好好說，我是一隻不會戰鬥的狗啊！」小五被普普這一連串的動作甩得暈頭轉向、叫苦連天。

這隻狗竟然不會戰鬥！普普十分意外，他小時候明明經常被凶狠的惡犬欺負……然而，此刻情勢不容他分心，蜜獾又揮舞著拳頭過來了。

不會打也沒辦法，看來不能指望這傢伙了。普普無奈的嘆了一口氣，只能獨自迎戰。他抬起雞爪，用力一踹，小五只覺得身體一輕，接著他就像顆鏈球一樣被普普甩了出去。

「砰！」小五一頭撞上蜜獾的肚皮，毫無防備的蜜獾被撞得連連後退了好幾步。

怎麼會有這種招式？雞犬組合技？

蜜獾盯著頭暈腦脹而倒在地上的小五，又看了看右腿被銬住而動作受限的普普，感覺自己被眼前這一雞一犬給小看了。他突然冷笑一聲，全身的毛瞬間像針刺一樣豎起來，顯然已經被徹底激怒了。

普普立刻感受到蜜獾的氣勢變得更強大了。而且剛才的交手

也讓他發現，經過上次在宴會廳的較量後，這次蜜獾也調整了戰鬥策略，主動攻擊時會保留一定的迴旋餘地，不會再讓普普輕易的反擊了。

面對這樣的強敵，哪怕全力以赴都很難擊敗，何況現在還帶著小五這個拖油瓶。

更讓普普無奈的是，明明剛才撞到的是蜜獾身上最柔軟的肚皮，可是那隻愛演狗卻像是受了比蜜獾還嚴重的傷，雙手摀胸，彷彿心臟病發作般，虛弱的不斷哀嚎，一看就知道不能再指望了。

算了！普普迅速擺好防禦姿勢，自己給自己打氣：就當作我斷了一條腿吧！反正也未必不能贏……

一陣強風襲來，蜜獾迅速衝到普普面前揮下一拳，瞄準了他的右側。普普下意識的往左邊避開，正要反擊時，旁邊暈得四腳朝天的小五突然「活」了過來，掙扎著站起身，發現大事不妙，於是轉頭就往右邊逃竄。

糟了！普普感覺爪子被腳銬一扯，接著當場劈了個腿，失去平衡並坐倒在地。

「唉唷！」往右邊逃竄的小五也因此被拉得往後仰，撲通一聲又摔回到地上。

蜜獾一拳落空後，正打算再來一拳。然而重拳還未落下，一雞一犬已經「自相殘殺」了。

沒想到對手竟然如此愚蠢！

蜜獾當然不會放過這個好機會，立刻拿出繩子，把這對彷彿在演喜劇的「俘虜」綁在一起。

「你這隻只會拖後腿的廢物狗！」普普怒瞪小五，咬牙切齒的大吼。

他竟然又輸給那隻蜜獾了！真是豈有此理！

　　上次讓蜜獾逃跑，他已經很不甘心了，滿心想著這次一定要雪恥……要不是這隻愛演狗拖後腿，他這次絕對不可能會輸！還輸得這麼狼狽！

　　果然，自從認識這隻狗就沒發生過好事！普普越想越氣，拼命扭動身體，想要回頭猛啄小五的後腦杓。

　　「唉唷！」普普不安分的一連串動作使繩子越纏越緊，勒得

小五呼吸困難，他立刻不耐煩的轉頭朝身後嚷嚷：「傻蛋雞，別再亂動了！」

「你叫我什麼！」普普氣炸了，也轉頭朝身後大喊：「你這隻廢物狗，想被我教訓一頓嗎？」

「你把我當成球扔，我還沒找你算帳呢！叫你傻蛋雞也是應該的！」小五理直氣壯的回應。

普普快氣瘋了，近乎咆哮的說：「那是戰術！而且我最後不是把你毛髮沒傷的拉回來了嗎？」

「什麼毛髮沒傷，那叫『毫髮無損』！」小五生氣的同時，還不忘糾正對方的用詞。

都什麼時候了，這傢伙還在糾結這種沒有意義的小事！

普普不以為然的說：「這不是同樣的意思嗎？反正都是說你沒有受傷……」

「誰說我沒有受傷！」小五頓時誇張的大叫起來：「我差點腦震盪了！我全身上下最值錢的就是腦袋，要是出了什麼問題……」

「要不是你連招呼都不打一聲就突然闖進來，我們根本不會被迫戰鬥！」普普毫不示弱的出言反擊。

大敵當前，這對搭檔竟然起內訌了！

這是被抓之後自暴自棄了吧……黃鼬和蜜獾無言的交換了一個眼神，一起看向戴著口罩的買家，黃鼬說：「教授，這裡交給我們，你帶著樣本先走吧！」

藏在斗篷裡的買家點點頭，對於闖進來的兩隻動物絲毫不感興趣，匆匆拿起裝有樣本的手提箱，轉身就要離開。

「等一下！」小五大喊一聲，停止了與普普的爭吵，像換了

一隻狗似的，表情變得十分冷靜。他盯著「斗篷」，語氣肯定的說：「如果我沒猜錯，你應該是狒狒教授吧！」

周遭的空氣彷彿凝結了。

過了好一會兒，那位買家才慢慢轉過身，從容的拿下罩住整張臉的帽子，露出了真面目。

正是**狒狒**[1]教授！

狒狒教授瞇起眼睛，有些意外的問：「你是怎麼知道的？」

「在整起事件中，你的確隱藏得非常好，但還是被我發現了馬腳。」看到自己猜中了，小五微微勾起嘴角，不慌不忙的說：「我在跟蹤黃鼬的時候，拍下了宴會的邀請函，這種隱藏著暗號的邀請函，只會是由買方發給賣方，所以當時我就猜到，這場宴會是買家策劃的。」

眼看對方沒有否認，小五繼續說下去。「一開始我並沒有發現異狀，可是當大哥告訴我，鼬先生的車子停在南獅大學的時候，我就將買家的身分鎖定在你們三位教授身上。我重新看了一次邀請函，想起掛在研究所牆上的人生格言，比對後發現那正是你的字跡！今天上午 10 點左右，也就是埃及凌晨 4 點左右，大哥打電話給你的時候，你立刻就接了起來，但不是因為你最近失眠，而是因為你當時在花城，根本沒有受到時差的影響。」

對於小五這番推理，狒狒教授沒有反駁，似乎是默認了。

接下來，小五信心滿滿的說出自己推理出來的真相。

犬小五 ·····································•

狒狒是群居動物，平常會和同伴一起生活，並透過戰鬥來決定誰是群體中的老大。狒狒喜歡和同伴親近、玩耍，透過與同伴交流的方式來消除緊張或難過的情緒。當一隻狒狒遭到欺負的時候，他會向同伴發出求救訊號，狒狒群則會趕來並共同反擊。

但是你們的嫁禍行為也讓我意識到鼬先生有替身,並確信研究所內有間諜。

逃出拘留所後,我調查並推理出上述的一切,於是有了現在的將計就計。

不得不説,間諜獼猴先生的確很狡猾,但如果他真的是從背後被襲擊的,那麼傷口的毛應該會和普普一樣下陷一點。

但事實卻恰好相反,證明他在説謊!

他的傷可能是自己造成的,看到普普的翅膀後,我終於意識到了這一點。

大家通常不會懷疑一個受傷的證人,獼猴先生就是利用這一點,從一開始就完美的隱藏了自己。

155

聽完小五的推理，狒狒教授不由得為他鼓掌。「不愧是風暴家族的小五，果然聰明！你的確有當偵探的資質，雷鳴教授不該阻止你。他愚蠢又頑固，不光對自己的孩子如此，對研究也是。」

說到這裡，狒狒教授頗為惋惜的搖搖頭。「這項研究是我們四個努力多年的心血，也是我們揚名世界的大好機會！眼看研究已經取得巨大的成功，只要上市就能解決讓大部分動物困擾已久的寄生蟲病問題。可是雷鳴教授卻被山羊教授那隻蠢羊迷惑，完全無視研究所在這項研究上投入的大量時間和心力，竟然決定暫時擱置，再與山羊教授和解，並勸她回來！甚至連花貓教授都支持他！」

狒狒教授越講越生氣。「哼！真是陳腐透頂的決定！他通知我準備這麼做的時候，我就下定了決心——『黑夜啟明星』絕對不能消失！」

「愚蠢的是你！」小五氣憤的反駁：「據我所知，這項研究存在很大的漏洞。難道你為了名和利，就要犧牲掉一部分動物的健康嗎？」

狒狒教授當然明白小五在說什麼，卻不以為然的伸出一根手指，輕輕的搖了搖。「兩害相權取其輕，受影響的動物是少數，他們可以依靠幫助消化的藥物生存。和解決寄生蟲病比起來，讓部分動物終生服藥是值得付出的代價，而且我相信，只要得到大部分動物的支持，他們也只能少數服從多數。沒有誰能阻止這項偉大的研究成為生物學的里程碑，而我，也將取代雷鳴教授，成為生物學界的領袖人物！」

愛演偵探的完美謝幕

也許是樣本已經到手，目的即將達成的喜悅讓狒狒教授情緒高漲。又或許是憋了太久的真實心聲無處傾訴，只有小五能和他「交流」。狒狒教授不再急著離開，反而興致勃勃的將自己瘋狂的計劃全盤托出。

然而，他的言論卻讓小五和普普都皺起眉頭。難道只因為是少數派，就可以被犧牲嗎？

此時，小五更加理解父親的做法了。就算這份細菌樣本有一定的用處，可是只要它帶來的負面影響沒有被解決，它依然只能算是失敗品。

父親對待研究的態度就和對待子女一樣，只會更嚴格，更苛

求完美。但是很可惜，狒狒教授無法理解這種在科學研究上的嚴格精神是多麼難能可貴，他已經深陷在利慾和妒火中，迷失了自我。

小五很清楚，已經走火入魔的狒狒教授絕對不會放過自己和普普，於是他直截了當的問：「既然你敢當面告訴我們這些事，一定是想好了對付我們的辦法吧？」

狒狒教授居高臨下的看著他，露出一抹殘忍的笑容。「沒錯。原本我們還在思考怎麼在警察檢測出細菌樣本是假的之後，繼續把嫌疑引到你身上，沒想到你親自送上門來，真是幫了我們一個大忙！」

狒狒教授緩緩說明他的計劃：「等會兒，『鼬先生』會用臭氣熏倒你們，然後，你們就會從這個世界上徹底消失。到時候，警察只會以為你們帶著真正的樣本逃跑了。」

「哼！那可未必。等你推出用樣本研發而成、對抗寄生蟲病的藥物後，警方一定會懷疑到你身上。」小五仰起脖子，毫不畏懼的說。

「呵呵！這就不用你操心了。」狒狒教授微微一笑。「在這項研究中，我和雷鳴教授一樣，參與了每個環節，甚至在某些細節上，我出的力不會比他少。就算我宣布離開研究所，自己另起爐灶，也能完成研究並利用樣本製成藥物，只是時間早晚的問題。」

狒狒教授冷漠的接著說：「而且雷鳴教授的研究並未完成，所以沒有申請專利權，更干涉不了其他動物繼續這項研究。反正，我要怎麼自圓其說並不重要，重要的是，最後的贏家是我。」

在小五與狒狒教授談話的期間，蜜獾和黃鼬也沒閒著，用繩子將小五和普普捆得非常紮實。

被綁住的小五卻絲毫不慌張，反而不贊同的抬起頭。「很可惜，最後的贏家不是你，而是我們。」

「難道你還有後續的計劃？」普普的雞冠一震，重新振作起精神。

小五自信滿滿的抬起下巴，頗有深意的暗示道：「當然，你別忘了我們現在的身分！」

普普思考了 2 秒，一臉疑惑的問：「你是説……雞犬不寧組合？」

「才不是，是逃犯！我們是從拘留所逃出來的，過了這麼久，想把我們抓回去的杜賓警長他們也該趕到這裡了。」小五瞇著眼睛，望向虛掩的實驗室門外。

大家都豎起耳朵，下 1 秒，黃鼬的臉上就露出不安的表情。憑藉著和犬科動物同樣靈敏的聽覺，他也聽到空氣中有整齊的腳步聲正朝這邊逼近，是警察趕到了！

一切都在小五的計劃中！

請大哥調查鼬先生車子去向的時候，他讓大哥以「小五乘坐這輛車失蹤」為由向警方查詢，杜賓警長聞訊後果然追了上來。並且，小五也料到在他和普普離開餐廳的監控室後，那隻浣熊一定會報警。

這就是小五設置的雙重保險，他就不信杜賓警長查不到南獅大學的這棟大樓！

雖然依舊被捆住，但小五已經完全恢復了從容的神情。「連我們剛剛的內訌，也只是為了拖延時間所演的戲。」

原來是在演戲嗎？普普不由得偷偷看了小五一眼。這隻愛演狗竟然把自己也算計進去了！

「你們剛剛的交易都被我拍下來了，還有錄音和餐廳的監視

器影片，加上我拍下來的邀請函上有狒狒教授的字跡，真正完蛋
的是你們！」

　　小五的話剛說完，杜賓警長就帶著一群警察破門而入，將實
驗室內的動物們團團圍住。

　　在確鑿的證據面前，狒狒教授他們所有的辯解都是蒼白而無
力的。眼見陰謀敗露，黃鼬只能面如土色的束手就擒。性格暴躁

的蜜獾剛想跳窗逃跑，就被三、四個衝上來的警察壓制在地。狒狒教授雖然氣得臉色鐵青，但也無計可施，只好老老實實的交代一切。

差點成了代罪狗的小五至此終於洗刷嫌疑、重獲清白。

杜賓警長第一時間衝過去幫他和普普鬆綁，並懷著愧疚之情詢問：「有沒有受傷？」

小五是被栽贓入獄的，自己一度誤會了他，現在卻多虧這隻被他斥責為無可救藥的小狗，警方才能成功抓獲真凶並追回樣本。杜賓警長的內心充滿了歉意和自責，忍不住感慨：「沒想到我會被這群傢伙蒙蔽雙眼！」

小五解開腳銬後，興奮的跳了起來，得意洋洋的朝身邊的普普炫耀：「看到了嗎？一切都在我的計劃中！這就是我，一位集智慧和才華於一身的偵探！」

實際上，這是小五第一次參與重要程度和涉及範圍如此大的案件，過程中也讓他體認到自己還有很多不足之處……但是，結果依舊令他滿意！

他相信，這是他給成年的自己最好的禮物，更是他踏上偵探之路的重要一步！

至於普普，他經歷過的驚險戰鬥太多了，此時此刻只有「終於結束了」的放鬆感，甚至懶得理會小五的自賣自誇。

見他們都累了，杜賓警長派員警專程送他們先回警察局休息並錄取口供，自己則連夜審訊犯人，包括狒狒教授、黃鼬和蜜獾等。同時聯繫申城和花城的其他警察，立刻調查並掌握鼬先生及獼猴先生的去向，以便展開後續的抓捕行動。

經過深入的調查後，警方也查出了事情的來龍去脈，還了解到小五沒能推斷出來的一些細節。

1. 黃鼬的確去過申城，從通風管道進入研究所偷樣本並留下腳印的是他，小五在機場看到的也是他。他在鼬先生的安排下，混入私人飛機往返申城與花城，所以警察無法查到他的記錄。

2. 鼬先生的商會非常擅長為其他動物製造假記錄，從而蒙混過關。除了抹除黃鼬的記錄，狒狒教授去埃及的入境記錄是偽造的，還有他偷偷來到花城卻沒留下記錄，也是多虧了鼬先生他們的安排。

審訊結束後，警察立刻展開緊鑼密鼓的逮捕行動，在案件中擔任間諜的獼猴先生，還有一直躲在暗處策劃一切的真正的鼬先生，在隔天也鋃鐺入獄了。

在警察局好好休息一夜的雞犬組合得知這個消息後，終於鬆了一口氣。

這時，小五總算能問出讓他困擾已久的問題：「普普，你和鼬先生究竟有什麼過節？」

「哼！」猶豫再三後，雖然不太情願，普普還是黑著一張臉，緩緩說明他和鼬先生的恩怨。「鼬先生是一個奸商！我調查過，他表面上是一個經銷各種商品的商人，還是熱心公益的慈善家，但在黑市中，他的商會卻憑藉另外一項業務聞名——這是一個你可以買到任何想要物品的商會，只要買家肯出錢，無論多麼危險的訂單，他們都敢接。」

原來如此，看來普普和鼬先生的過節一定和鼬先生的另一個身分有關。

揭穿鼬先生的真面目後，普普也終於將自己的身世告訴小五——

在我還是一顆蛋的時候，就已經被賣給了一家鬥雞場。

我從小在鬥雞場長大，受過各種欺負，從來沒見過家人，也不知道自己的身世。

幸運的是，我身上似乎流著天生的鬥雞血液，隨著年齡增長，格鬥的天賦逐漸顯露，成長為鬥雞場有史以來最厲害的鬥雞。

當我成為鬥雞場的王牌時，我和場主做了一個約定：如果我能連勝一千場，他就還我自由，並且告訴我關於身世的真相。這是一個幾乎不可能完成的挑戰，場主不認為我可以做到，所以想也沒想就答應了。

163

之後，我用了很長的時間戰勝無數的對手，終於完成千場連勝，如願獲得關於自己身世的線索。

你是我當年從鼬先生這個奸商的手裡買下來的。

獲得這個消息後，我便一路追查鼬先生，來到了花城。

聽完普普的故事後，小五總算對這隻雞有了更進一步的了解。只是，普普不是已經完成一千場連勝，重獲自由了嗎？為什麼他的表情卻很沉重，絲毫沒有重獲自由的喜悅呢？

小五隱約有個預感，這隻雞的身上還隱藏著其他祕密。可是當他繼續追問的時候，普普卻不願多說了。

傍晚，杜賓警長終於准許雞犬組合去拘留所和真正的鼬先生會面了。與冒牌貨黃鼬截然不同的是，他是一隻安靜的白鼬，喜怒不形於色，彷彿雕塑般，讓人看不出他的心思。

白鼬對他們的到來絲毫不感到奇怪。他看著普普，開門見山的問：「你是為了你的身世來的吧？我可以給你線索，但你也要答應我一件事。」

聽到這句話，普普頓時坐不住了。他一個跨步衝上前，隔著鐵欄杆問：「什麼事？」

白鼬平靜的說：「從此以後，再也不許來找『鼬先生』的麻煩。」

「等等！」眼看普普就要答應，一直旁觀的小五連忙出言阻攔。他望著那隻白鼬，露出了狐疑的神色。「你真的是鼬先生嗎？」

白鼬微微一笑，高深莫測的說：「我可以是鼬先生，那隻黃鼬也可以是鼬先生。誰說鼬先生只有一位？不過，誰是鼬先生不重要，重要的是這隻雞的身世線索除了鼬先生，沒有其他動物知道。如果你們不想交易，就請回吧！」

普普和小五交換了一個眼神。

看得出來，普普真的很想知道自己的身世。為了獲得線索，他們只能答應這個條件。

按照約定，白鼬給了普普一個花城的郵筒編號，並告訴他：

2 天後的上午 9 點，郵差會打開這個郵筒並拿走信件，你需要從當中找到一封沒貼郵票、沒寫地址的空白信件——裡面裝的就是我給你的身世線索。

一雞一犬帶著這個真假莫辨的訊息離開了拘留所。要判斷白鼬提供的線索是否有用，必須等到 2 天後找到那封信才能做出結論。

這 2 天，小五寸步不離的跟著普普，時時刻刻推銷自己，說要幫普普調查身世，普普想甩都甩不掉。

「我的搭檔需要幫助，我這位大偵探怎麼能不幫忙呢？」小五拍拍胸脯，不遺餘力的自誇：「錯過我，你很難再遇到這麼優秀的偵探了！」

這讓普普十分無語。「我什麼時候成了你的搭檔……」

不就是迫不得已暫時合作了一次嗎？過程還算不上愉快……而且自己從來沒有將成為偵探搭檔這件事當成目標，怎麼這隻狗說得好像是自己求著和他搭檔一樣！

小五卻振振有詞的說：「在這次的事件中，你和我配合得這麼好，可見我們天生就該組成一個團隊！」

配合得好？這傢伙是在開玩笑嗎？他們不是從組隊開始，就一直處於雞飛狗跳、雞犬不寧的狀態嗎？

普普忍不住問：「先不提搭檔的事，你父親不同意你當偵探吧？難道他現在同意了？」

「沒有。」小五嘆了一口氣。

事實上——

案件結束後，小五第一時間從大哥那裡得到了消息：父親和老管家已經趕往花城，準備親自接你回家。

與父親見面時，小五先遠遠觀察一下父親的臉色——很好，笑容溫暖，目光和善。他頓時心花怒放，覺得父親肯定是透過這起案件對自己、對偵探改觀了。

當他搖著尾巴滿懷期待的走到父親面前時，雷鳴教授似乎醞釀已久，開口便說：「小五，你在這起案件中表現出非凡的聰明才智，我很欣慰。」

嗯嗯！小五開心的點頭。

雷鳴教授又說：「之前是我對你不夠了解，你比我想像的更有潛力。」

沒錯！小五被誇得都要輕飄飄的飛起來了。

然而，雷鳴教授突然話鋒一轉：「這也讓我更加肯定，你的優秀才能用在偵探這個職業上實在太可惜了。」

咦？小五的心飄到一半，撲通一聲的摔回了地面。

「比起偵探，還有很多更有價值的職業，值得你發揮這份過人的天賦。」

這下子，小五徹底從美夢中醒來了。

原來父親完全沒有對偵探改觀嘛！

小五頭痛不已，隨便找了個藉口溜進廁所，從天窗逃跑了。

唉！看來父親對偵探的偏見根深柢固，只透過一個案件就想得到父親的支持，實在是太天真了！

小五心想：不如先努力成為一個了不起的偵探，再想辦法讓父親回心轉意。

因此重獲自由後，小五做的第一件事就是纏上普普，他決定將「解開普普身世之謎」作為自己名偵探之路正式開啟後的下一個案件。

雖然普普不太情願，但他也覺得自己無法破解身世的線索。無奈之下，只能勉強同意暫時和小五合作。

2 天後，上午 9 點。

在目標郵筒旁等待已久的普普和小五終於等到郵差抵達，郵筒剛打開，他們就立刻衝出來圍住郵差。

弄清楚這兩個傢伙是想拿走一封信的時候，郵差立刻拒絕：「不行，怎麼證明那封信就是寫給你們的？」

「咳！事情是這樣的……」小五嘆了一口氣，搭上郵差的肩膀，並且在對方看不到的角度對普普拋了一個眼神。

一雞一犬分工明確，小五負責動之以情、曉之以理的和郵差說明情況，普普負責蹲在地上翻找信件。5 分鐘後──

「我找到了！」普普高舉起翅膀，翅尖捏的正是一個空白的信封。

當他激動的看向小五時，發現小五和郵差正蹲在路旁一邊聊天一邊擦眼淚。顯然，在小五精湛的演技和適當的渲染下，郵差被普普的淒慘身世深深打動了。

在普普無奈的注視下，淚眼汪汪的小五偷偷對普普比了一個勝利的手勢。

這隻狗什麼時候才能不這麼愛演啊！

普普飛快的撕開信封，一張信紙掉了出來──

親愛的普普先生：

　　當你看到這封信時，意味著你已經接受我提出的公平交易。按照約定，我將向你提供我所知道的全部資訊。

　　首先，我必須很遺憾的告知：我對你的身世並不了解。

　　早年，我在印度西部的拍賣會上買走了一顆雞蛋，這顆雞蛋上有著特殊的花紋，讓我印象深刻。很快的，我就用高

價將這顆蛋轉賣給鬥雞場，這就是我們之間唯一的交集，不過，我可以提供一些與那個拍賣會有關的線索。

這個拍賣會沒有明確的、固定的場所，它十分神祕，經常拍賣一些正常管道買不到的稀有物品，但拍賣方不會為競拍者提供任何有關拍賣品的詳細資訊，只有拍賣會的主人知道這些拍賣品的具體來源。

如果你對自己的身世之謎十分執著，可以考慮前往神祕的拍賣會，問一問它的主人。

距離我上次參加拍賣會已經過去了很多年，我不確定它是否還存在，更不知道它這次會出現在什麼地方，但我以下的提示或許能為你提供一些微薄的幫助：

1. 拍賣會的門檻很高，會對競拍者進行嚴格的篩選。

2. 符合條件的競拍者必須在印度新德里雨季最後一個月的第一天前往那裡。

3. 想到達這個拍賣會，必須找到並乘坐一班「不存在的列車」，這趟列車只在那一天出現。

4. 任何稀有的物品都有成為拍賣品的可能性。

5. 世界萬物生來就被標好了價格。

祝你好運！

鼬先生

✦ 尾聲 ✦

花城的機場大廳，飛往印度的飛機開始登機了。

一隻氣質霸道、身形挺拔的雞聽到廣播後，揹起背包走向登機口。然而，他還沒走幾步，一隻衣著精緻、舉止講究的狗立刻跟了上來。

普普嘆了一口氣，很無奈的問：「你到底要跟著我到什麼時候？我不需要你的幫助。」

小五一臉無辜的眨眨眼睛。「你確定？我又不收你的錢。像我這樣有實力的偵探可是百裡挑一，打著燈籠都找不到喔！」

不提錢還好，一提錢，普普頓時抬起下巴，憤怒的問：「你還好意思向我收錢？我借你的硬幣，你還沒有還我呢！」

「對了！這可是大事，我還欠你錢呢！」小五一拍爪子，下定決心般的說：「那我就更不能丟下你了！」

「……」普普已經不想說話了。

就這樣，在「雞犬不寧」的狀態下，普普和小五一起登上了飛往印度的航班。

（未完待續）

各位小讀者，在漫畫之外的每張插圖中，都隱藏著一個蝙蝠的圖案，它是下一集故事的關鍵角色喔！你們能找出來嗎？

請見第 12 頁

請見第 20 頁

請見第 24 頁

請見第 28 頁

請見第 33 頁

請見第 37 頁

請見第 47 頁

請見第 50 頁

請見第 55 頁

請見第 60 頁

請見第 64 頁

請見第 66 頁

請見第 73 頁

請見第 79 頁

請見第 83 頁

請見第 91 頁

請見第 96 頁

請見第 104 頁

請見第 109 頁

請見第 115 頁

請見第 123 頁

請見第 126 頁

請見第 135 頁

請見第 138 頁

請見第 147 頁

請見第 151 頁

請見第 160 頁

請見第 169 頁

POLICE LINE - DETECTIVE STORM

全能偵探
HOLISTIC DETECTIVE

補習班
CRAM SCHOOL

POLICE LINE - POLICE LINE - POLICE LINE - POLICE LINE

DETECTIVE STORM

雞犬天團 旅行見聞錄

DETECTIVE　DETECTIVE　DETECTIVE　DETECTIVE　DETECTIVE　DETECTIVE　DETECTIVE　DETECTIVE

《 第一期 》
申城・魅力魔都

「你說你家在申城上海，那是個什麼樣的地方？」

案件結束後，普普問出的一句話，讓小五一下子跳了起來。

得知普普沒有去過上海，對那裡也不了解，小五頓時覺得自己有事情可以做了。「讓我介紹一下我的家鄉，那裡可是傳說中的『魔都』！」

千年古剎——靜安寺

DETECTIVE STORM

01 景點資訊

靜安寺是著名的江南古剎，「古剎」是年代久遠的寺廟，而靜安寺建於三國時代，至今已經有 1700 多年的歷史。起初名為滬瀆重元（玄）寺，唐代改名為永泰禪院，靜安寺這個名字是在北宋時期得到的，當時寺址在吳淞江畔，又過了 200 多年，才搬到現在的地址，那時上海這個城市都還沒「出生」呢！

說起上海，小五第一個想到的就是靜安寺。每當家族面臨大事，雪納瑞管家就喜歡去靜安寺祈福。自己的成年禮就是家族最重要的事之一，在這個大日子的前一天，老管家就不由分說的拉著小五來到了靜安寺。

「請保佑小五少爺的成年禮順利。」老管家虔誠的膜拜。

他身旁的小五並沒有照做，身為一名相信科學的偵探，小五不相信神佛。此刻，他想起另一件事——

為什麼在寸土寸金的上海市中心會有這麼大的寺廟呢？據說它當年是特別從外地搬到此處，說不定有什麼祕密……

想到這裡，小五踮起腳尖，趁老管家不注意，悄悄的溜出寺廟大殿。

靜安寺的祕密 🔍

　　靜安寺為什麼要搬家，有一個不為人知的祕密。據說這裡有一口名為「黃泉」的神祕古井，井中的水經常無緣無故的翻騰或起泡，而且源源不斷的湧出，無法堵住，有如傳說中的黃泉。為了鎮壓這口井，才將千年古刹靜安寺遷至現址，坐落在寸土寸金的上海市中心。

但這一切只是傳說，小五認為背後一定有個合理的科學解釋。當小五在寺廟中四處探索，準備找出那口神祕古井時，遠處傳來了熟悉的聲音：「小五少爺！小五少爺！」

糟糕，老管家發現自己偷偷溜出來了！看來靜安寺的祕密只能先挖掘到這裡。不過沒關係，等成年禮結束後，他一定要以一名大偵探的身分來挖掘出更多的祕密！

當時的小五還不知道，成年禮之後，自己將走上一條與預想中完全不同且更為壯闊的偵探之路。

十里洋場——外灘

02 景點資訊 --

　　外灘位於黃浦江畔，是昔日上海有許多洋人與洋貨而有「十里洋場」之稱的真實寫照。在外灘可以看到數十棟風格迥異的外國建築，有哥德式、巴洛克式、法國古典式、西班牙式等，它們出自不同的設計師之手，卻有著協調感，使外灘擁有「萬國建築博覽群」的名號。

　　珠江沿岸的美麗風光，讓小五想起家鄉上海外灘的景色。

　　「在上海的黃浦江畔，有數十棟不同時期、不同風格的外國建築，被稱為『外灘』。」他興致勃勃的向普普介紹：「外灘隔江的對面就是浦東，我小時候經常在江邊看著對岸的動物們搭渡輪過江。」

　　「渡輪？」普普感到意外的問：「黃浦江上沒有橋嗎？」

　　其實，小五小時候也對這個問題感到很疑惑，還跑去問過父親。當時，父親只是簡單的告訴他：建橋會破壞外灘的美景。

　　為什麼建橋會破壞外灘的景色呢？他見過很多江河的上方都建了大橋，非但沒有破壞周圍的景色，還很氣派呢！

　　這個問題讓小五困惑了好久，但父親只是讓他自己去找答案。不服氣的小五於是跑到家裡的藏書室，不停的翻找資料。終於，在一本介紹橋梁的書籍中，他找到了答案——跨江大橋的高度很高，修築時兩側需要建造長長的「引橋」來連接正橋與路堤，不然車輛無法爬上陡峭的橋面。可是如果要

擁有修建引橋的空間，就必須將外灘那些珍貴精緻的萬國建築拆除一部分才行。

這就是父親說的，如果修建跨江大橋，就會破壞外灘美景的原因啊！

不過，小五看了看身旁一臉困惑的普普，不由得搖搖頭。算了，即使告訴這隻雞，他一時半刻也不會明白吧！

時代地標──東方明珠

 03 景點資訊 ────────────────

　　東方明珠的全名為東方明珠廣播電視塔，包括下、中、上三個球體。東方明珠兼具發射電波的實用功能，以及被列為觀光景點的旅遊價值，高度為 468 公尺，1991 年建造時，是中國最高的電波塔，現今高度則是名列中國第二，全球第五。

從小在鬥雞場長大的普普剛到廣州時，就被矗立在珠江旁邊的廣州塔帶來的視覺衝擊所震撼了。

「雖然我沒有上去過，但是廣州塔真的很厲害！」普普豎起雞冠，讚嘆的說：「我從來沒有見過這麼高的塔！」

「那當然！廣州塔可是中國第一高塔，足足有 600 公尺高，在世界上也能排到第二名呢！」小五轉了轉眼珠，隨後話鋒一轉：「不過，我還是更喜歡中國第二高的塔，因為它才是塔中的大前輩。它出名的時候，廣州塔還沒『出生』呢！」

接著，小五自豪的向普普介紹起上海的東方明珠——

東方明珠的輝煌歷史 🔍

　　東方明珠建於 1991 年，作為當時最先進的建築，它的內部有旋轉餐廳、玻璃觀光通道、太空艙等領先時代的設施。它在建成後的 10 年內接待了約 2870 萬名遊客，其中包括 295 位外國的首領。除此之外，東方明珠曾經舉辦過將近 100 次世界級的重要會議和 300 多場大型活動，成為上海與外界接軌的重要窗口。

看著滿臉自豪的介紹著東方明珠的小五，普普思考了一會兒，不認同的說：「東方明珠好像挺厲害的，可是它有廣州塔那麼高嗎？」

「高度不是關鍵，重要的是歷史！」小五不服氣的爭辯道。

「但第一名就是比第二名厲害啊！」普普也毫不示弱的說：「它沒有比廣州塔高，也就是說，還是廣州塔更了不起！」

這隻雞真是的！小五暗自發誓，幫這隻雞找到家人後，必須帶他登上東方明珠感受它的歷史底蘊！

《第二期》
花城・悠享粵文化

案件落幕後，雞犬天團難得有機會可以悠閒的在花城廣州停留好幾天，充分感受這座被粵文化灌溉的大城市。只是……究竟什麼是粵文化呢？
別急，跟著雞犬天團一起去感受吧！

「嘆」早茶，觀粵劇

 01 景點資訊

「嘆」在粵語中是享受的意思，聚在茶樓「嘆早茶」是廣州居民最愉快的消遣之一。粵式早茶文化起源於清朝咸豐年間，現在已成為當地的社交方式。粵式早茶和粵菜一樣注重食材本味，滋味清淡、新鮮、爽口。有些茶樓可以一邊喝早茶，一邊欣賞粵劇。粵劇又稱廣東大戲，是用粵方言演唱的漢族傳統戲曲之一，隸屬於寫意派的戲劇，融合多個劇種的特色，最終自成一派，這種獨特又雅俗共賞的藝術形式已在世界各地廣為流傳。

一日之計在於晨，剛起床的小五和普普走在廣州街頭，進行不可或缺的重要活動——覓食。

聽說普普在遇到自己之前，餐餐都啃玉米，從來沒有嚐過廣式早茶，小五立刻拍了拍口袋，豪氣的準備請客。這時，從一間茶樓裡傳出的婉轉戲腔吸引了他的注意。

「這一定是粵劇，我們進去看看！」小五兩眼發光的把普普拉進店裡。

店內搭建了一個小小的戲臺，幾位濃妝豔抹、服飾誇張的演員站在臺上邊唱邊演，一會兒咿咿呀呀，一會兒舞刀弄槍……還有一位演員的袖子長得驚人，不時把袖子甩出去，再穩穩的收回來。

普普不由得豎起雞冠，肅然起敬的問：「這是什麼厲害的招式？」

一旁的小五適時的介紹：「這是水袖功，是粵劇的基本功之一，只是一種表演技法，不是用來防身的招式。」

雖然只是表演，但也夠厲害了。普普聚精會神的看了起來。

見他絲毫沒有想走的意思，小五乾脆拿起早茶店的菜單，點了滿滿一桌的菜。

腸粉、蝦餃、燒賣、蒸排骨、蛋黃酥、香芋卷、蓮蓉包、叉燒包……一盤接一盤的茶點源源不絕的端上桌。一陣風捲殘雲後，雞犬組合雙雙摸著圓滾滾的肚子，滿足的癱坐在椅子上。

咦？等一下……普普疑惑的抓抓頭。「這裡不是早茶店嗎？茶呢？」

小五笑著解釋：「粵式早茶雖然以茶為名，但茶並不是主角，茶點才是──已經全都在我們的肚子裡啦！」

賞蓪草畫，神遊花市

02 景點資訊 --

　　蓪草畫是指畫在蓪草紙上的水彩畫，被譽為「東方明信片」。古代的廣州人透過切割蓪草的莖，製作出名為「蓪草紙」的紙張，用水彩繪製後，畫面在光照下會呈現出繽紛的效果。

　　迎春花市是廣州的傳統民俗文化盛會，起源於明朝或之前的「花渡頭」，即花船會成排停靠在碼頭，人們則在水上買賣花朵。迎春花市是廣州的過年習俗，已經成為極具當地特色的新春嘉年華。

　　在廣州一個不起眼的街角，一家樸素的小店吸引了小五的注意。店鋪門口擺放著幾大捆色彩豔麗的花束，旁邊還立著幾幅小小的畫框。仔細一看，這些花都是手工製成的假花。

　　「這些是蓪草花，旁邊的是蓪草畫。」店長羊先生立刻出來招攬生意。「我們是以蓪草工藝為主題的禮品店，要不要進來看看？」

　　聽了店長的介紹，雞犬組合才明白，原來蓪草是一種植物，莖可以製成蓪草紙，這些假花和畫作都是用蓪草紙製成的，是很獨特的工藝。

　　雞犬組合連連點頭，讚不絕口：「好厲害，真是太了不起了！」

　　難得遇到識貨的客人，店長笑容可掬的招呼：「進來看看吧！店裡還有更珍貴的收藏呢！」

　　一走進店裡，小五和普普立刻被大大小小的蓪草畫所震撼。這些精心保存的蓪草畫都有 100 多年的歷史了，它們栩栩如生的描繪了百年前廣州的生活場景。

看來，這種代代相傳的古老技術在現代又得到了新的發展。

突然間，一幅占據了整面牆的巨大畫作吸引了小五的注意——

畫中，一個熱鬧的市集上到處擺滿了鮮花，穿著百年前服飾的動物們聚集於此，喜氣洋洋的挑選著各式各樣的花朵。

小五興奮的問：「這幅畫描繪的難道是 100 多年前的迎春花市？」

「沒錯。」店長笑咪咪的點頭，自豪的介紹：「廣州素有『花城』之稱，居民愛花的傳統由來已久，迎春花市早在 600 多年前就存在了。」

隨後，店長又滔滔不絕的向小五和普普講述起買花的門道——

廣州迎春花市　🔍

　　廣州人過新年必備三大年花，分別是金桔、桃花和水仙。粵語中的「桔」與「吉」同音，金桔寓意大吉大利。除了求桃花運，桃花也象徵大展宏圖，因為「桃」通「圖」。水仙則有祝賀新春吉祥如意的寓意。

　　迎春花市從每年農曆 12 月 28 日開始，人潮洶湧，是當地春節最熱鬧的盛會。

花城居民的愛花傳統果然名不虛傳，一說起花，店長完全停不下來。

聽著聽著，普普突然注意到桌上擺著一盆長相奇怪的植物——它看起來像一串黃澄澄的檸檬，表面還長出了五個小凸起。

他小心翼翼的伸出翅膀碰了碰，好奇的問：「這也是一種花嗎？」

「沒錯，這是我今年在迎春花市上買的年貨——五角茄，也叫做『五代同堂』，因為看起來像是一家五代坐在一起談天說地，寓意家庭美滿和睦。」店長連忙解釋：「這也是每年花市賣得最好的年貨之一。」

的確，花的美好寓意也象徵著人們對生活的嚮往和祈願，這也是廣州花市文化的重要意義之一。

「一家五代同堂，真好啊……」至今還不知道家人在何方的普普忍不住羨慕的感嘆。

臨走前，看到普普還依依不捨的盯著那盆五角茄，小五信誓旦旦的拍拍他的肩膀：「放心，我們一定可以找到你的家人，再來迎春花市買一株五代同堂！」

百年名校——中山大學

03 景點資訊

中山大學簡稱「中大」，是孫中山先生於 1924 年整合廣州地區實行近代高等教育模式的多所學校後創立的，是一所集文學、歷史學、哲學、法學、經濟學、管理學、教育學、理學、醫學、工學、農學、藝術學等學科於一體的綜合性研究型大學。

「我有個問題一直想問你。」普普鄭重其事的提出讓他困擾已久的問題：「上次我們去抓住幕後真凶的那所大學，是一隻獅子創辦的吧？」

走在他旁邊的小五聽了差點跌倒，好奇的反問：「你為什麼會這麼想？」

「難道不是嗎？我記得那所大學的校園裡有一隻石獅子，放在很顯眼的地方，肯定是創辦者的雕像啊！」普普振振有詞的說。

這隻雞真有想像力！

小五哭笑不得的解釋：「當然不是！你看到的那隻石獅子是中山大學的守護神獸，它口銜飄帶，腳踩小獅，是典型的南獅形象。」

見普普認真聽講，小五接著補充：「南獅起源於廣東佛山的民間，因為廣州有舞獅的民俗活動，寄託著消災除害、求吉納福的含義，也象徵奮發進取的精神，具有很豐富的文化意義。對了，中山大學的吉祥物『中大獅』就是以它為原型。」

小五繼續向普普介紹「中大獅」代表的意義。另外，「獅子」正好諧音「師」和「子」，意喻老師與學子。這一切才是獅子和中山大學之間的關係。

「原來是這樣，我明白了。」普普若有所思的低下頭。

看來這次介紹沒有白費！小五欣慰的擦了一把汗。

可是普普的下一句話讓他的欣慰一掃而空。「但這不代表中山大學的創辦者不是一隻獅子啊！」

「好吧！算我沒說清楚……」小五忍氣吞聲的平復心情。這一次，他向普普介紹中山大學創辦者的生平。

透過小五的介紹，普普終於明白中山大學的創辦者不是一隻獅子，也明白這位創辦者究竟有多麼了不起。

中大獅的來歷 🔍

中大獅共有五隻，分別對應中山大學的校訓「博學、審問、慎思、明辨、篤行」。五隻獅子的形態也還原了中大學生日常學習生活的基本形態：

「博學獅」呈直立狀，身著學位服，透露出對學問的敬重與追求。

「審問獅」靈動活潑，呈前撲狀，回首四望，充滿孩童般的好奇心。

「慎思獅」伏地不動，似在假寐靜思。

「明辨獅」正襟危坐，伸出右手食指，像在懷疑和指正。

「篤行獅」造型還原校內馬丁堂前石獅的動作和神情，從蹲姿變為站立，充滿蓄勢待發之感。

動物小劇場

黃鼬小劇場
黃鼬先生的惡夢

被關在監獄中的黃鼬先生，又做了那個可怕的惡夢……

動物小劇場
ALL ABOUT ANIMALS

兔子小劇場
被誤解的兔子

兔子的消化系統可以從高纖維、低蛋白質、低碳水化合物的食物中獲得營養，胡蘿蔔不屬於以上幾類，食用過多反而不好。為了改變大家的刻板印象，兔子訂製了一件新衣服……

第一天

第二天

第三天

兔子有多愛胡蘿蔔啊！還特地印出來穿在身上。

動物小劇場

狒狒小劇場

沒有不能吃的東西

狒狒是雜食動物，幾乎能在任何環境中找到可以吃的食物。如果不信，我們來做個實驗——

把狒狒放在草叢……

放上樹枝……

放進小河……

放入沙漠……

190

太厲害了！

動物小劇場
ALL ABOUT ANIMALS

負鼠小劇場
裝死是一門必修課

負鼠家族也有獨特的成年禮，在這個儀式上，小負鼠要「裝死」成功，才算正式成年。

在成年禮的現場，我們將看到一排德高望重的負鼠長輩，神情嚴肅的為儀式主角評分。

請開始你的表演！

四肢抽搐的頻率不錯，很自然，不做作。

他吐出來的白沫會不會太少了，影響整體效果？

腐爛的臭味還差點火候，要臭得更濃郁才行。

191

1分鐘 推理故事

CASE 01 | 案件1 誰偷了郵票？

　　為了拓展身為偵探的業務，小五幫自己印了無數張名片，除了電話，還寫上自己營運的 Facebook 粉絲團網址。

　　小五營運粉絲團的初衷很簡單，一方面可以介紹自己之前破解的案子，為偵探事務所宣傳，另一方面也便於接受來自各地的委託。雖然透過電話也可以接受委託，但是在科技日新月異的時代，口頭描述當然沒有圖片和影片傳達的資訊來得簡單明瞭。

　　小五每天都會興致勃勃的點開粉絲團，一滑就是幾小時。普普對此很有意見——這隻狗又丟下所有的工作，跑去玩手機了。

　　這天，剛整理完三大箱資料的普普滿頭大汗，結果一抬頭又看到小五舒舒服服的躺在沙發上，悠閒的滑手機。忍無可忍的普普衝上前，將小五的手機一把搶過來。

「我已經整理好資料了，你趕緊工作吧！」普普一臉嚴肅的說：「手機我先沒收了！」

「等等，我正在用手機辦公⋯⋯」小五連忙為自己解釋，然而話還沒說完，就被普普打斷了。

「什麼辦公！畫面上明明只有一個中看不中用的花瓶！」普普低頭一看手機上的圖片，更加憤怒了。「你該不會又背著我偷偷花錢買不實用的東西了吧？」

「才不是呢！」小五滿臉不悅的從普普手中搶回手機，指著上面的圖片說：「這是客戶傳來的圖片。」

原來就在剛才，有客戶透過訊息委託：小五先生，我一直都有追蹤您的粉絲團，知道您是一名非常優秀的偵探，所以想請您幫我抓小偷！

隨後，客戶傳來案發現場的具體位置和大致經過，並附上幾張圖片和一段影片。

「我沒說謊吧？」小五瞪了有些尷尬的普普一眼，氣勢十足的吩咐：「還愣著做什麼，我們現在就過去看看！」

普普開車的時候，小五認真的分析起客戶傳來的案件經過：

客戶是住在城東的長臂猿先生，他是一名專業的郵票收藏家，20多年來全心全意收藏著世界各地稀有而美麗的郵票。

不久前，長臂猿先生得到一張絕版的珍貴郵票，為了保護這件至寶，他特地找工匠訂做一個窄口長頸的玻璃瓶。這個瓶子的設計相當巧妙，瓶身鑲嵌在一個沉重的金屬底座上，再牢牢的固定在地面，瓶口又高又窄，只有長臂猿先生能用他超乎其他動物的長手臂，將郵票從容器中拿出來欣賞。

但是今天早上接待過一批訪客後，長臂猿先生驚訝的發現：郵票消失了！

根據長臂猿先生傳來的圖片，小五可以清楚的看到：玻璃瓶沒有損壞，也沒有被撼動或傾倒的狀況。

「太奇怪了！」普普感到不可思議的皺起眉頭。「難道郵票憑空消失了？還是小偷會使用魔法？」

這兩種推測當然都不切實際。可是，小偷到底是怎麼偷走郵票的？小五陷入了沉思中。

客戶住得不遠，車子很快抵達了長臂猿先生的家。

長臂猿先生早已等在門口，他的臉上寫滿不安，看得出心愛的郵票丟失對他的打擊非常大。一看到小五和普普到來，長臂猿先生的眉頭終於略有舒展，鬆了一口氣。

「太好了，你們終於來了。」長臂猿先生主動上前打開車門，將雞犬組合迎進家門。

一進門就是事發現場的客廳，保管郵票的玻璃瓶就放在角落。

小五仔細觀察周遭的環境，發現這裡和圖片上一樣，沒有遭到任何破壞，也沒有留下任何動物的痕跡。他想了想，開口問：「長臂猿先生，你還記得郵票失竊前，接待過哪些訪客嗎？」

長臂猿先生迅速回答：「記得，分別是狸貓小姐、大象先生、水豚先生和紅松鼠小姐。」

聽完這個答案，小五頓時胸有成竹的笑了。「我已經知道犯人是誰了！」

小讀者，你知道哪位訪客具有最大的嫌疑嗎？

POLICE LINE · POLICE LINE · POLICE LINE · POLICE LINE

答案

是大象先生。大象先生可以用鼻子將郵票從玻璃瓶中吸出來，根本不需要伸手進入瓶內。其他三位訪客的手雖然很細，卻不夠長。

CASE 02 | 案件2 失蹤的文件

　　説起小五在正式成為偵探前所解決過的案子，最令他滿意的當數為雪納瑞管家找回文件那一椿。

　　雪納瑞管家在風暴家族腳踏實地的工作多年，是一位名副其實的金牌管家。可是隨著年紀慢慢增長，金牌管家也不得不承認自己有力不從心的時候。

　　這天，一份由他保管的重要文件不見了！而且還是在風暴家族的宅邸內丟失的！

　　這件事震驚了全宅邸的員工，他們都很尊敬風暴家族，絕對不會偷竊宅邸內的東西。雪納瑞管家也十分肯定，自己一直將文件存放在書房的書櫃裡，從來不會亂放。可是文件確實消失了，難道家裡混進了手腳不乾淨的壞蛋？

195

宅邸的員工們既擔心又憤怒，懷疑的打量著彼此。

雪納瑞管家尋找了一整個下午，卻一無所獲。如果不能找回這份文件，他也無顏繼續留在風暴家族了⋯⋯

得知這件可能會威脅到老管家職業生涯的事，小五當然不會袖手旁觀。他幹勁十足的對老管家拍胸脯保證：「交給我吧！管家爺爺，我一定會揪出那個可惡的盜賊！」

不光是小五，員工們也很關心事情的真相，希望能幫助德高望重的老管家解決這次的職場危機，所以無論小五走到哪裡，他們都跟在後面，擦亮了雙眼，想幫老管家出一分力。

「管家爺爺，我們還原一遍你最後一次看到那份文件時的情況吧！」小五提議道。

「好。」雪納瑞管家仔細想了想，走到書櫃前面，一邊回憶一邊說：「我記得今天打掃書櫃的灰塵時，曾經把這一層的文件都拿出來，檢視裡面有沒有灰塵、是不是混入白蟻，然後⋯⋯」

雪納瑞管家帶著小五來到一處露天陽臺，指著放在陽臺邊緣的藤編桌椅。「我發現有幾份文件資料夾上的墨水記號由於褪色而變模糊了，於是我把文件拿過來準備重新標注一次。可是中途被刺蝟園丁叫去後院核對灌木的修剪方案，便離開陽臺大約 2 小時，回來後就發現桌上少了一份文件。」

刺蝟園丁詢問：「失竊的文件厚嗎？會不會被風吹到樓下了？」

員工們紛紛伸長脖子朝樓下看去，下方是一片嫩綠的草地，沒有任何紙張模樣的東西。

「文件不厚，只有兩張紙，一開始我也懷疑是被風吹走了，可是找遍了附近都沒有發現。」雪納瑞管家沮喪的搖搖頭。

小五觀察了周圍的環境，問道：「附近的視野開闊，如果小偷來過一定會留下痕跡，這段時間，你們有見過任何可疑的身影嗎？」

負責在屋頂除草的兔子們搖頭。「沒有，只看過一隻尾巴顏色奇特的愛情鳥飛過，但他沒有攜帶類似文件的東西。」

小五繞著藤編桌椅轉了一圈又一圈，靠著靈敏的嗅覺，他從藤編桌子的縫隙裡找到少許的紙屑。

紙屑參差不齊，彷彿被碎紙機切過一般，難道文件不是被偷而是被撕碎了？

　　忽然間，小五的鼻子一動，恍然大悟道：「這個味道……是愛情鳥！我知道了！管家爺爺，文件應該在愛情鳥的家裡。」

　　「什麼！」雪納瑞管家吃驚不已。「他拿走那些文件要做什麼？」

　　小五興沖沖的帶著一群動物拜訪了愛情鳥的家，果然找到了丟失的文件。

　　可是，愛情鳥是怎麼把文件帶走卻沒被發現的呢？

答案

　　每到繁殖期，愛情鳥就會四處搜尋適合築巢的材料，以便日後下蛋及孵蛋。紙張也是築巢的好材料，為了方便攜帶，聰明的愛情鳥會用鳥喙將大張的紙撕成紙條，暫存在自己的羽毛中，文件就這樣被撕成紙條帶走了。

01

小五從小就想成為大偵探。

電視裡的大偵探會隨身攜帶放大鏡觀察，所以小五對雪納瑞管家説：「我需要一個放大鏡！」

管家微笑道：「好的，少爺。」

電視裡的大偵探會戴上白手套蒐證，所以小五對雪納瑞管家説：「我需要一副白手套！」

管家微笑道：「好的，少爺。」

電視裡的大偵探會用懷錶計時，所以小五對雪納瑞管家説：「我需要一塊懷錶！」

管家微笑道：「好的，少爺。」

電視裡的大偵探會戴著象徵身分的帽子，所以小五對雪納瑞管家説：「我需要一頂帽子！」

管家微笑道：「好的，少爺。」

電視裡的大偵探會叼著菸斗，所以小五對雪納瑞管家説：「我需要一個菸斗！」

雪納瑞管家：「好的，少……不！這個不好！（少爺，你還是一隻小狗啊！）」

198

解釋清楚後，小五還是得到了老管家的許可，表示可以給他一個菸斗。

「雖然我知道少爺不會抽菸，但為了避免其他動物看到後誤會，我對菸斗做了一些改裝。」

小五揮揮手，不以為意的說：「沒關係，是菸斗就好。」

下 1 秒，老管家拿出一根白淨可愛、骨頭模樣的菸斗，塞菸草的位置還打了一個粉色蝴蝶結。

他慈祥的對小五說：「這樣一來，就算少爺叼著它在外面走，也不會產生誤會。大家只會以為你正處於磨牙期，需要隨時借助磨牙棒來緩解牙齒發癢。你看，這個小蝴蝶結多麼精緻啊！」

「以上，就是我與菸斗的鬥爭史。」小五結束了回憶。

普普好奇的問：「也就是說，你不會抽菸？」

「是的。」

「我之前看到你在案發現場叼著菸斗，上面明明飄著煙霧，那是從哪兒來的？」

小五得意的一笑，戴上白手套，小心翼翼的從西裝口袋裡掏出一個裝著東西的盒子，一爪插腰，一爪高高舉起。「當然是靠它──小型乾冰了！在必要的時刻，我會把它塞到菸斗裡，就能模擬菸草燃燒後煙霧彌漫的效果。」

普普的嘴角微微抽動，無奈的說：「下次再有這種情況，我會努力搧動翅膀。」

名字篇 雞犬不寧的日常

「我叫做小五，一二三四五的五。」小五對普普自我介紹。

「我叫做普普，普普通通的普普。」普普也介紹自己。

小五興致盎然的問：「那你的哥哥和姐姐會不會叫做平平和凡凡？」

普普反問：「難道你的哥哥和姐姐叫做小一、小二、小三、小四？」

小五突然變了臉色，並打了個寒顫：「往事不提也罷……」

畢竟對於事業有成的哥哥和姐姐來說，乳名是狗生的一大汙點，要是被知道自己又在傳播他們的汙點，絕對不會有好骨頭吃！

「其實我的哥哥和姐姐都有很不錯的名字。」為了挽救哥哥和姐姐的形象，小五賣力的向普普解釋：「我們風暴家族都是成年後才被賜名的，而且我們的名字都和風暴有點關係，非常帥氣！比如我父親叫做雷鳴，這是爺爺幫他取的名字。」

說到這裡，小五扳起手指介紹自己的哥哥和姐姐：「我的大哥因為做事幹練俐落，被賜名颶風。二姐因為擅長演繹不同的角色，被賜名彩虹。三姐是容易與他人有相同感受的諮商心理師，被賜名蜃景。四哥因為拳頭強勁有力，被賜名冰雹。」

說完後，小五驕傲的總結：「每一個來自長輩的賜名都是寄予了厚望，代表他們要用這個名字為家族獲得榮耀。」

普普點點頭。「那你叫做小五，代表你父親對你有什麼樣的期望？」

小五：「……這個話題還是到此為止吧！」

03

花了一點時間，普普終於聽完小五的抱怨。「因為賜名儀式沒有完成，所以你沒有正式的名字？」

小五沉痛的點點頭：「是的。」

普普忍不住挺起胸膛。

小五：「……你在驕傲？」

普普：「嗯。」

小五：「你有什麼可驕傲的！你的名字很了不起嗎？」

普普咳了一聲，緩緩說道：「我的名字沒什麼了不起的，但是，好歹我有一個正式的名字，啊哈哈哈哈哈！」

04

「其實普普也算不上是一個正式的名字……」看到小五沮喪的表情，普普有些不情願的說。

「咦？」小五豎起了耳朵，好奇的問：「難道你的真名是普拉卡什、普勒斯頓、普拉西多之類的，簡稱普普？」

普普黑著一張臉否認：「才不是！我的名字其實是鬥雞場取的，所以才這麼隨便。我叫做普普，和我一起長大的另一隻鬥雞叫做通通，也就是普普通通。」

說到這裡，普普的雞冠垂了下來。「至於我的父母到底有沒有幫我取名字，就要找到他們才知道了……」

普普原本是想安慰小五，沒想到自己反而失落了起來。

原來這隻雞和自己一樣，沒有一個被父母寄予希望的名字啊！不過小五反倒打起精神，很有信心的對普普說：「沒關係，我一定會幫你找到父母，到時候你就有正式的名字了！而我，就算沒有長輩寄予厚望的賜名，我也會努力實現自己的夢想，畢竟名字只是一個代號。」

DETECTIVE STORM

風暴偵探 大川五

PREVIEW 下集預告 第 02 集

小心！神祕的「斗篷先生」正在暗中監視每一隻進入祕市的動物。

他們追尋鼬先生的足跡，尋找青蓮祕市的線索。

面對隱藏著不可告人祕密的同伴，小五應該如何取捨？
「遠離他，那是一隻罪孽深重的雞！」

[第二集] 預告

　為了弄清楚普普的身世，雞犬天團來到了印度。

　一輛神出鬼沒的黑色車子載著被選中的動物，送入通往祕市的「不存在的列車」。

　年復一年，祕市成為無數動物們夢想中的「希望之地」。

　一張勾畫著「M」的神祕字條憑空出現，它的主人卻給雞犬天團帶來了麻煩。

　當一場盛大的狂歡變成蓄謀已久的陷阱，他們能否全身而退？

下一站——印度·不可思議的次大陸

偵探小筆記

國家圖書館出版品預行編目（CIP）資料

風暴偵探犬小五 1 雞犬天團降臨 / 悟小空空作 .
-- 初版 . -- 新北市 : 大眾國際書局股份有限公司
大邑文化 , 西元 2024.7
208 面；14.5x21 公分 . --（偵探學園；6）

ISBN 978-626-7258-81-1（平裝）

859.6   113007796

偵探學園CLL006

風暴偵探犬小五 1 雞犬天團降臨

作　　　　者	悟小空空
主　　　　編	徐淑惠
特 約 編 輯	林宜君
封 面 設 計	張雅慧
排 版 公 司	芊喜資訊有限公司
行 銷 業 務	楊毓群、蔡雯嘉、許予璇
副 總 經 理	楊欣倫

出 版 發 行	大眾國際書局股份有限公司　大邑文化
地　　　　址	22069 新北市板橋區三民路二段 37 號 16 樓之 1
電　　　　話	02-2961-5808（代表號）
傳　　　　真	02-2961-6488
信　　　　箱	service@popularworld.com
大 邑 文 化 官 網	https://www.polispress.com.tw/

總 經 銷	聯合發行股份有限公司
	電話　02-2917-8022　　傳真　02-2915-7212

法 律 顧 問	葉繼升律師
初 版 一 刷	西元 2024 年 7 月
定　　　　價	新臺幣 320 元
I　S　B　N	978-626-7258-81-1

本作品中文繁體版透過成都天鳶文化傳播有限公司代理，經浙江少年兒童出版社有限公司授予大眾國際書局股份有限公司獨家出版、發行及銷售，非經書面同意，不得以任何形式，任意重製轉載。

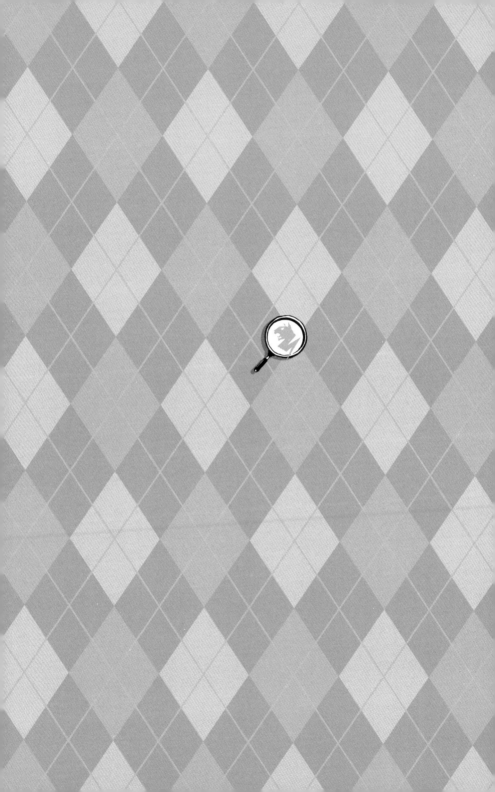

大邑文化讀者回函

謝謝您購買大邑文化圖書,為了讓我們可以做出更優質的好書,我們需要您寶貴的意見。回答以下問題後,請沿虛線剪下本頁,對折後寄給我們(免貼郵票)。日後大邑文化的新書資訊跟優惠活動,都會優先與您分享喔!

✎ 您購買的書名:＿＿＿＿＿＿＿＿＿＿＿＿＿＿＿＿＿

✎ 您的基本資料:

姓名:＿＿＿＿＿＿＿,生日:＿＿年＿＿月＿＿日,性別:□男 □女

電話:＿＿＿＿＿＿＿＿＿,行動電話:＿＿＿＿＿＿＿＿＿

E-mail:＿＿＿＿＿＿＿＿＿＿＿＿＿＿＿＿＿＿＿＿

地址:□□□-□□＿＿＿＿＿縣/市＿＿＿＿＿鄉/鎮/市/區
＿＿＿＿路/街＿＿段＿＿巷＿＿弄＿＿號＿＿樓/室

✎ 職業:

□學生,就讀學校:＿＿＿＿＿＿＿＿＿,＿＿＿＿＿年級

□教職,任教學校:＿＿＿＿＿＿＿＿＿＿＿＿＿＿＿＿

□家長,服務單位:＿＿＿＿＿＿＿＿＿＿＿＿＿＿＿＿

□其他:＿＿＿＿＿＿＿＿＿＿＿＿＿＿＿＿＿＿＿＿

✎ 您對本書的看法:

您從哪裡知道這本書?□書店 □網路 □報章雜誌 □廣播電視

□親友推薦 □師長推薦 □其他＿＿＿＿＿＿＿＿

您從哪裡購買這本書?□書店 □網路書店 □書展 □其他＿＿＿＿

✎ 您對本書的意見?

書名:□非常好□好□普通□不好 　　封面:□非常好□好□普通□不好

插圖:□非常好□好□普通□不好 　　版面:□非常好□好□普通□不好

內容:□非常好□好□普通□不好 　　價格:□非常好□好□普通□不好

✎ 您希望本公司出版哪些類型書籍(可複選)

□繪本□童話□漫畫□科普□小說□散文□人物傳記□歷史書

□兒童/青少年文學□親子叢書□幼兒讀本□語文工具書□其他＿＿＿＿

✎ 您對這本書及本公司有什麼建議或想法,都可以告訴我們喔!

＿＿＿＿＿＿＿＿＿＿＿＿＿＿＿＿＿＿＿＿＿＿＿＿＿

＿＿＿＿＿＿＿＿＿＿＿＿＿＿＿＿＿＿＿＿＿＿＿＿＿

＿＿＿＿＿＿＿＿＿＿＿＿＿＿＿＿＿＿＿＿＿＿＿＿＿

大邑文化

220-69

新北市板橋區三民路二段 37 號 16 樓之 1

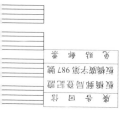

收件人地址：

□□-□□　縣/市　　鄉/鎮/市/區
　　　　　　路/街　　段　　巷　　弄　　號　　樓/室

廣 告 回 信
板橋郵局登記證
板橋廣字第 987 號
免 貼 郵 票

大邑文化

服務電話：（02）2961-5808（代表號）
傳真專線：（02）2961-6488
e-mail：service@popularworld.com
大邑文化官網：https://www.polispress.com.tw/